돌아온
아이들

PIN
장르
008

# 돌아온
# 아이들

**김혜정** 소설

# 차례

**프롤로그** 발견된 아이들     9

1. 동갑내기 고모     12
2. 담희와 민진     39
3. 작별     65
4. 약속     86
5. 아미에게     116

**에필로그** 모두의 내일     146

**발문** • 이희영     151
그 숲에서 우리를 기다리는 아이들

**작가의 말**     159
살며시 손을 내밀며

즐겁게 춤을 추다가

그대로 멈춰라

## 프롤로그 : 발견된 아이들

 유난히 더운 여름이었다. 처서가 지났음에도 연일 계속되는 폭염 때문에 뉴스는 날씨와 관련된 게 많았다. 30년 만의 무더위, 62일째 열대야 기록 등 날이 가도 엇비슷한 헤드라인에 사람들은 점점 무덤덤해졌다. 새로울 게 없는 소식이기에 제목만 힐끔 볼 뿐 더는 자세히 기사를 읽으려 하지 않았다.

 그러던 중 상백산에서 발견된 아이들에 관한 소식이 전해지자 사람들의 관심은 온통 그 이야기로 쏠렸다. 등산객이 산을 떠돌던 열 살에서 열두 살가량으로 추정되는 아이들 여섯 명을 발견하여 신고했다. 아이들은 모두 보라색 원피스를 입고 있었는데 언제 산에 왔는지, 왜 왔는지, 어디에서 왔는지 알지 못했다. 심지어 자신들의 이름과 나이조차 몰랐다. 지문 조회를 해봐도 일치하는 아동 정보가 없었다.

경찰에서는 고심 끝에 아이들의 사진을 공개했다. 아이들에 관해 알고 있는 사람이 나타나길 바라면서. 하지만 경찰서를 찾아온 이들 중 아이들의 진짜 가족은 없었다. 며칠이 지나도 수사가 지지부진하자 일각에서는 탈북을 하였거나 종교 시설에서 탈출하여 아무도 찾지 않는 것이라는 의견이 나왔다. 더 이상 마땅한 단서가 나오지 않았고 사람들은 조금씩 아이들에 대한 관심을 잃어갔다.

날씨가 너무 더워 9월이 시작된 지도 몰랐다는 대화를 하고 있는데 경찰서 문이 열렸다. 초로의 여인이 백발의 노모와 함께 들어왔다. 무슨 일로 오셨냐는 물음에 여인은 아무래도 산에서 발견된 아이들 중 한 명이 자신의 언니 같다고 대답했다. 경찰은 여인이 손녀를 언니라고 잘 못 말한 건지, 날이 너무 더워 자신이 잘못 들었는지 혼란에 빠졌다. 그때, 여인에게 부축을 받고 있는 노모가 입을 열었다.

"60년 전 잃어버린 제 딸이 분명해요."

## 1. 동갑내기 고모

1

 해가 졌음에도 숲속 자줏빛 나뭇잎들이 햇빛을 받은 것처럼 반짝였다. 이곳은 멀리서 보면 밤[栗] 모양처럼 보인다고 하여 옛날부터 밤 숲이라 불렸다. 저녁 먹을 시간이 다 지나도록 손자 모모는 돌아오지 않았다. 딸은 모모가 요즘 밤 숲에 자주 드나든다는 이야길 했다.

 진설은 숲속을 걸으며 한기를 느꼈다. 아무리 숲이 우거졌다고 해도 여름에 이렇게까지 온도가 낮을 수 있나? 자줏빛 나뭇잎에 무슨 마법이라도 걸려 있는 건가. 이 지방은 사계절이 뚜렷

하지만 밤 숲에서는 이상하게 계절이 잘 느껴지지 않는다. 1년 내내 서늘하다. 밤 숲의 주인인 세작이 지닌 마력이 세다는 것은 널리 알려진 사실이지만 이렇게 기후까지 조절할 수 있다니 다들 신비한 일이라고 했다. 진설은 집행부 회의가 있을 때마다 세작을 만나는데, 세작은 진설이 꼬맹이였던 시절과 비교하여 조금도 변하지 않았다. 할머니가 되고 나면 오래도록 할머니인 상태로 지낸다지만 세작은 그 오래의 상태가 아주 길었다. 이제는 진설과 비슷한 나이래도 믿을 정도였다. 밤 숲에는 그대로인 것들이 많았다. 나무도, 꽃도, 세작도.

밤 숲에는 쓸 만한 약초가 꽤 많았고 진설은 온 김에 약초들을 살폈다. 밤 숲은 세작의 개인 소유지로 한때 아무나 드나들 수 없다 개방된 후로도 오가는 이가 드물었는데, 진설은 어릴 적부터 이곳을 오갔다.

세작은 고약하기로 유명한 마인이었다. 말을 듣지 않는 마인계 어린이를 당나귀로 만들어 부린다는 이야기도 있었고, 무마인계 사람들을 데려와 잡아먹는다는 소문도 있었다. 세작은 과자 집으로 아이들을 유혹했던 마인의 후손이다. 진설도 자라면서 세작에 관한 무시무시한 소문을 익히 들었다. 하지만 이렇게 많은 약초를 캐 갈 수 있도록 허락하다니 어쩌면 세작은 소문과 달리 착할지도 모른다고 말하자 진설의 부모는 지나가듯 대꾸했다. 세작이 마인계 규칙을 어겨 그 벌로 밤 숲을 개방했을 뿐이라고. 어차피 세작은 집안 대대로 마력이 세서 약초의 힘을 빌리지 않아도 된다. 그동안 밤 숲을 혼자 독차지한 건 이기적인 일이다.

오랜만에 온 밤 숲에는 여전히 약초가 그득했다. 서늘한 기운이 싫다며 다들 밤 숲을 잘 오지 않았다. 오늘도 약초를 캐 간 흔적은 보이지 않았다.

진설이 엄지와 검지를 비비니 마법의 가루가 나왔다. 약초 감별 주문을 외웠다. 풀 위에 손을 갖다 대자 효험이 있는 풀은 반짝하고 빛났다. 진설은 천천히 약초들을 캐어 주머니에 넣었다.

그나저나 모모 녀석은 어디서 놀고 있는 걸

까? 어른들과 마찬가지로 동네 아이들 역시 음침한 공기와 무서운 세작 때문에 밤 숲에 잘 가지 않았다. 그럼에도 모모는 날마다 밤 숲을 들락거렸다.

진설은 딸이 한 말을 떠올렸다.

"엄마, 모모가 이상한 말을 하더라. 세작님에게 딸이 있다는 거야."

모모가 밤 숲에서 세작의 딸과 논다는 말을 했다는 거였다.

숲 안쪽에서 아이들이 노래 부르는 소리가 들렸다. 그중 하나는 모모다. 모모는 느릿느릿 노래 부르는 걸 좋아한다. 모모의 목소리를 듣자 진설은 배시시 웃음이 나왔다. 진설은 모모가 있는 곳으로 향했다.

모모는 한 아이와 함께 몸을 숙인 채 꽃을 바라보고 있었다. 진설이 모모의 이름을 부르자 모모가 고개를 돌려 "할머니!" 하고 손을 흔들었다. 아이는 모모에게 가려져 얼굴이 보이지 않았는데 보라색 원피스를 입고 있었다. 어디서 많이 본 옷인데…….

진설은 한 발 한 발 모모에게 다가갔다.

"할머니, 여긴 왜 왔어?"

모모 뒤에서 아이가 살짝 얼굴을 내밀었다.

"왜 오긴. 저녁 먹을 때가 되었는데 네가 하도 안 와서 찾으러 왔지."

"벌써 저녁이야? 여기 있으면 시간 가는 줄 모른다니까."

모모가 헤헤 웃으며 대답했다. 모모는 깜박했다는 듯 아이에게 우리 할머니라며 진설을 소개시켜주었다. 아이는 고개를 꾸벅 숙여 인사했다. 진설은 반갑다며 아이의 머리를 쓰다듬었다. 순간 손에 전기가 통한 듯 따가웠다. 얼른 손을 뗐다. 진설 손에는 아직 감별 가루가 남아 있었고 아주 잠깐 아이의 머리카락이 검은색으로 변하는 게 보였다. 아이가 뒷걸음질을 치자 진설은 놀라 괜찮냐고 물었다. 다시 보니 보랏빛이 도는 은색 머리카락 그대로다.

"모모야, 나 그만 가볼게."

아이는 모모와 진설에게 인사한 후 숲속으로 사라졌다.

김혜정 • 돌아온 아이들

진설은 가만히 아이의 뒷모습을 지켜봤다. 아이는 한 번씩 뒤를 돌아봤다. 마치 무언가를 놓고 온 것처럼 여러 번 돌아보고 또 돌아봤다.

　그때, 진설의 머리가 갑자기 깨질 것처럼 아파왔다. 진설은 그대로 주저앉았다.

　"할머니, 왜 그래?"

　기억이 하나하나 떠오르기 시작했다. 절벽, 약초, 축제, 달빛 사탕.

　진설은 영랑과 있었던 일을 다 기억해내고 말았다.

## 2

　오늘은 평소와 다른 게 많았다. 담희를 보면 놀리기 바쁜 동주는 담희를 놀리지 않았다. 방학식이 있어 학교가 일찍 끝났고, 매일 스물네 시간 열려 있던 편의점은 무슨 일인지 닫혀 있었다. 그리고, 담희의 집 앞에 누군가가 있었다. 벽에 기대어 앉아 있던 아이는 담희를 보고 일어나더니 담희에게 다가왔다. 아이는 프릴이 달린 하얀색 블라우스에 멜빵이 달린 청바지를 입고 있었다. 담희나 담희 친구들이 입지 않는 옛날 옷 스타일인데 낯설지 않았다.

담희 앞에 선 아이는 담희와 키가 비슷했다.

"네가 담희구나. 반가워. 나는 너의 고모 민진이야."

담희는 두 눈만 껌벅거렸다.

"내 이야기 들은 적 없어?"

아이가 다시 한번 묻자 담희는 고개를 저었다. '아니'라는 뜻이다. 들은 적이 없는 게 아니라 들었다는 의미. 담희는 고모의 이야기를 할머니와 아빠에게 여러 번 전해 들었다.

"나를 모르는구나. 나는 너희 아빠, 그러니까 유진영 씨 동생이야."

그게 아닌데. 담희는 등에 메고 있던 가방을 몸 앞으로 돌린 후 지퍼를 열었다. 그리고 가방에서 수첩을 꺼내 '고모 이야기 들은 적 있어'라고 또박또박 적었다. 말을 하지 못하는 담희는 수첩을 이용한다.

"그래? 나를 알아?"

이번에 담희는 고개를 끄덕였고 아이가 다행이라며 활짝 웃었다. 웃으니 사진으로만 봤던 고모와 정말 닮긴 했다. 그리고 자신과도 많이 닮았다. 쌍꺼풀 없이 가로로 긴 눈과 동그란 얼굴에 통통한 볼, 단발인 생머리까지, 담희는 자신이 고모와 닮았다는 이야기를 자주 들었다. 몸이 아픈 할머니는 종종 담희를 고모로 착각하기도 했다. 하지만 이 아이가 고모일 리는 없다.

담희는 주위를 둘러봤다. 숨어 있는 사람은 없는 듯하지만 누군지도 모르는 아이를 데리고 집 안으로 들어갈 수는 없었다. 돈을 목적으로 이제까지 사라진 고모를 사칭해 나타난 사람들이 여럿이었다. 그때마다 할머니는 속상해했고 실망했다.

이를 어쩐담.

담희가 고민하고 있는데 아이가 말을 했다.

"오빠는 어딨어? 오빠한테 연락 좀 해줘."

아빠를 오빠라고 부르다니. 담희는 살짝 인상을 썼지만 아이가 시키는 대로 아빠에게 메시지를 보냈다.

―아빠, 고모가 돌아왔어.

 아빠는 일을 하고 있어서인지 메시지를 읽었지만 답이 없었다.
 날이 더워 이마에 땀이 삐질삐질 흘렀다. 오늘 기온이 37도까지 오른다며, 선생님은 바깥 활동을 하지 말라고 당부했다. 담희는 손으로 땀을 닦으며 아빠의 연락을 기다렸다.
 다시 메시지를 보냈다.

―고모가 지금 집 앞으로 찾아왔다니까.

 몇 분 후 아빠에게 답이 왔다.

―왜 그래, 담희야? 심심해?

 심심한 건 맞는데 장난은 아니었다. 담희는 어떻게 할까 고민하다가 아이에게 사진을 찍어도 되느냐고 물어봤다.
 '아빠가 믿지 않아서.'

김혜정 • 돌아온 아이들

아이는 그러라고 대답했다. 담희가 휴대폰으로 사진을 찍자 아이는 그게 사진기냐고 했다. 구형이긴 해도 사진도 안 찍히는 줄 아는 걸까. 그래도 될 건 다 되는데.

사진을 본 아빠가 곧바로 연락을 해 왔다. 이번에는 문자가 아니라 영상통화였다.

"담희야. 그 아이 누구야? 진짜 집 앞에 있어?"

담희는 고개를 끄덕인 후 아이에게 이리 오라고 손짓했다. 아이가 담희 옆에 나란히 섰다. 화면 속의 아이를 보고 아빠가 말을 더듬었다.

"너, 너. 누구니?"

아이는 아빠의 물음에 대답하는 대신 담희에게 진짜 영상으로 통화가 가능한 거냐고 물었다.

"우아, 이게 진짜 되네."

아이는 액정 아래 작게 자신의 모습이 나오는 걸 확인하더니 표정을 이리저리 바꾸었다.

"누구냐고? 넌?"

액정 속의 아빠가 버럭 소리를 질렀다.

"저는 유민진이에요. 우리 오빠 유진영 씨세요? 어? 빠빠처럼 나이 들었네?"

아빠는 놀라는 건지 화를 내는 건지 모르겠는 표정을 짓더니 담희에게 어디 가지 말고 꼼짝 말고 있으라 하고는 전화를 끊었다.

전화를 끊고 20분도 채 되지 않아 아빠가 왔다. 아빠는 담희와 함께 있는 아이를 보고 처음에는 말을 잇지 못했다.

"혹시 네 엄마가 유민진이니? 민진이는 어디 있어?"

아빠는 계속 아이에게 엄마에 대해 물었고 아이는 "우리 엄마는 박선화잖아. 오빠 왜 그래?" 하고 대답했다. 박선화는 담희의 할머니, 그러니까 즉 아빠의 엄마였다.

아빠는 말도 안 된다며 고개를 저었다. 고모가 사라진 건 30년 전이다. 병원에 있던 열두 살 고모가 사라졌고 어디에서도 고모의 흔적을 찾을 수 없었다. 할머니는 고모가 언젠가는 돌아올 거라며 이사를 가지 않고 이 집에서 쭉 살았다.

아빠는 아이가 입은 옷을 가리키며 물었다.

"이 옷, 민진이가 입으라고 했어?"

담희는 아이가 입고 있는 옷을 어디서 봤는지 그제야 생각해냈다. 할머니가 보여준 사진에서 고모가 저 옷을 입고 있었다.

"내가 멜빵 청바지 입고 싶다고 졸라서 엄마가 사다 줬잖아. 나 이거 입고 병원에서 찍은 사진도 있을 텐데."

"너 이름이 뭐야?"

"유민진."

"네가 민진일 리 없잖니. 30년이 지났는데. 진짜 이름이 뭐냐고!"

"내가 민진이야."

아빠는 민진일 리 없다고 중얼거리면서도 아이에게 이것저것을 물었다.

"진짜 네가 민진이라고? 도대체 어디에 있었던 거야? 어떻게 지냈어? 아냐. 네가 민진일 리가 없잖아. 이건 말도 안 되잖아."

아빠는 이랬다저랬다 했다.

아빠는 아이를 데리고 먼저 경찰서로 갔다. 아이가 거짓말을 한다고 생각했기 때문이다. 자신의 잃어버린 동생이라고 말을 하는 아이가 있다며, 아무래도 여동생의 딸인 것 같다고 설명했다. 아빠의 설명은 두서없었지만 경찰은 하나씩 되물으며 자신이 이해한 게 맞느냐고 확인했다. 지갑 속에서 꺼낸 여동생의 사진과 아이가 아주 많이 닮았기에 경찰도 아빠가 하는 말이 맞을 거라고 여겼다.

"엄마 어디 계셔? 응? 너 이름이 뭐야?"

아이는 자신의 이름이 계속 "유민진"이라고 했다. 경찰은 민진을 데려가 지문 검사를 해보겠다고 했다. 그러다 곧 아동 지문 검사에 등록돼 있지 않다고 했다.

"유전자 검사를 해보세요. 손녀인 것도 확인이 가능해요."

아빠의 사정을 알게 된 경찰관은 유전자 검사 방법을 알려주었다. 실종된 고모를 찾기 위해 할머니의 유전자를 실종자 센터에 등록해두셨으니 검사가 가능하다고. 경찰은 아이에게 검사를 해봐도 되겠느냐고 물었고 아이는 그러라고 대답했다.

결과가 나오는 동안 다 같이 경찰서에 있기로

했다. 보통 이틀 정도가 걸리지만 경찰서 옆 유전자 검사 센터에 긴급으로 넣으면 몇 시간 내에 나온다고 했다. 그사이 아빠는 여기저기 전화를 돌렸다. 담희는 아이와 함께 경찰서 한편에 있는 긴 의자에 앉아 있었다.

아이가 입술을 쭈욱 내밀며 말했다.

"내가 진짜 유민진인데. 아무도 안 믿네."

담희는 고개를 돌려 흘끔 아이를 바라봤다. 아이는 자신의 말을 믿어주지 않는 걸 몹시 답답해했다.

얼마나 시간이 지났을까. 의자에 앉아 있던 담희는 깜박 잠이 들었다. 아빠가 담희를 깨우며 집으로 가자고 했다. 담희는 주변을 둘러봤다. 그 아이는 어디로 갔을까? 혹시 모든 게 꿈이었을까? 그런데 왜 지금 경찰서에 있는 거지?

경찰이 아이를 데리고 아빠와 담희에게 왔다. 아, 꿈이 아니었나 보다.

"이거 참 어떻게 된 일인지 모르겠네요. 우선 이 아이의 보호자가 유진영 씨이니 데리고 가시는 게 맞겠어요."

아빠는 알겠다고 대답한 후 담희와 아이를 데리고 경찰서에서 나왔다.

 차를 타고 가는 동안 아빠는 아무 말도 없었다. 담희는 그동안 무슨 일이 있었는지 궁금했다. 아이는 사라진 고모의 딸이 맞는 걸까? 그러니까 아빠를 보호자라고 한 거겠지. 담희가 속으로 생각하고 있는데 아이가 입을 열었다.

 "오빠, 나 엄마 보고 싶어."

 담희는 놀라서 옆에 앉은 아이를 바라봤다. 아빠를 계속 오빠라고 부르다니 어떻게 된 거지?

 "엄마는…… 병원에 계셔. 말씀드려야지. 네가 돌아왔다고 말씀드려야지."

 아빠는 반쯤 넋이 나간 상태로 말했다.

 "민진아."

 "응?"

 아빠가 부르자 아이는 곧바로 대답했다.

 "말도 안 돼."

 아빠는 또 그 말을 했다. 오늘 하루 종일 그 말을 몇 번이나 했는지 셀 수도 없다. 담희도 말이 안 된다고 생각했다. 30년 전 사라진 고모가 돌아오다니. 그것도 사라졌던 그 모습 그대로. 어쩌면 그래서 담희는 말을 잃었는지도 모른다. 삶에서 자꾸만 말도 안 되는 일이 생기니까. 담희는 옆자리에 있는 돌아온 고모가 이상하다고 생각되지 않았다.

### 3

"우리 민진이가 맞아. 자식을 몰라보는 어미는 없단다."

할머니는 민진을 품에 안고 한참 울었다.

아빠는 고민 끝에 할머니에게 민진이 돌아왔다고, 그런데 예전 사라진 그대로라고 미리 말했다. 할머니는 병원에 있어 집으로 올 수 없었기에 다음 날 아빠가 민진과 담희를 데리고 병원으로 갔다. 병원으로 가는 길에 아빠는 민진에게 할머니가 믿어주지 않아도, 어떤 말을 해도 상처받지 말라고 했다. 하지만 할머니는 민진이 자신의 딸이라는 것을 조금도 의심하지 않았다. 아빠가 괜한 걱정을 한 셈이었다.

일주일 만에 만난 할머니는 그사이 살이 더 빠져 있었지만 평소와 달랐다. 늘상 기력 없이 멀뚱히 앉아만 있었는데 민진을 보자 눈에 총기가 생겼다. 아프기 전의 할머니로 돌아왔다.

"내가 널 만나려고 이렇게 살아 있었나봐. 엄마가 얼마나 너를 기다린 줄 아니? 고마워, 민진아. 엄마 찾아와줘서 고마워."

할머니는 울다가 웃었다. 담희는 울다가 웃으면 안 되는데 생각하다가 그러면 어떠랴 싶었다. 다만 민진의 표정은 좀 이상했다. 할머니처럼 기뻐하는 얼굴이 아니었다.

"나 죽은 거 아니지? 죽어서 우리 딸 만난 거 아니지?"

할머니는 아빠에게 부축해달라고 했고 일어나 병실과 주변을 찬찬히 살폈다.

"그대로네. 나 아직 안 죽었어. 그런데 우리 딸을 만나다니."

할머니는 다시 민진을 안은 채 감사하다며 기도를 했고 담희는 지금의 할머니는 언제 적 할머니일까 궁금했다. 할머니는 옛날 할머니와 오

김혜정 • 돌아온 아이들

늘 할머니를 왔다 갔다 하는데 민진을 알아보는 걸 보면 둘 중 누굴까? 오늘 할머니라면 오히려 30년 전 모습 그대로인 민진을 믿지 않아야 하는 게 아닐까?

"진영아. 담희 엄마는 왜 같이 안 왔어? 회사 일이 바쁜가?"

담희는 아빠의 표정이 살짝 일그러지는 걸 봤다. 아빠는 곧 인상을 펴더니 억지로 미소를 지으며 "다음에 같이 올게요" 하고 말했다.

언젠가부터 할머니는 담희를 "민진아" 하고 불렀다. 담희가 엄마와 함께 있을 때 할머니는 담희 손을 낚아채며 "엄마한테 와야지"라며 데려가기도 했는데 장난 같지 않았다. 담희가 "할머니"라고 부르면 "엄마"라고 부르라며 혼을 내기도 했다. 담희는 그런 할머니가 무섭기도 했다. 한번은 할머니가 길을 잃어 경찰관들이 찾아주었는데 검사를 해보니 치매가 꽤 진행된 상태였다. 여러 차례 암 수술을 받아 몸뿐만 아니라 마음도 많이 지쳐서 그런 거라며, 아빠와 엄마가 담희에게 할머니의 상황을 설명해줬다.

옛날과 오늘을 이리저리 왔다 갔다 하는 할머니의 시간이 가장 많이 머무른 때는 민진이 사라지기 전이었다.

"할머니는 왜 자꾸 나한테 민진이라고 해? 민진이가 누구야?"

아빠는 사라진 동생 민진에 대한 이야기를 담희에게 그날 처음 들려주었다. 엄마는 담희에게 할머니가 민진이라고 부르면 그냥 "네"라고 대답하라고 했다. 자식을 잃은 부모는 살아도 사는 게 아니라며, 할머니의 시간은 그때에 멈춰 있다고 알려주었다. 민진을 껴안고 있는 할머니를 보며 담희는 다행이라고 생각했다. 이제 할머니의 시간은 민진을 만났으니 다시 흘러가겠지.

면회 시간이 끝날 즈음 할머니는 급격하게 기운을 잃었다. 아빠는 민진을 데리고 자주 오겠다고 했다.

병실을 나오기 전 할머니가 두 손으로 아빠 손을 잡으며 말했다.

"진영아. 우리 민진이 잘 보살펴줘. 꼭이야."

아빠는 고개를 끄덕였다.

"담희야. 아빠, 의사 선생님 좀 잠깐 만나고 올게. 민진이랑 여기 앉아 있어. 알았지?"

의자에 앉은 민진이 무릎 위로 고개를 파묻었다. 끅끅 하고 우는 소리가 들렸다.

"엄마, 엄마……. 우리 엄마가 왜 이렇게 작아진 거야. 왜……."

담희는 할머니를 만났을 때 민진이 왜 마냥 기뻐하지 못했는지 알았다. 30년 전의 할머니와 지금의 할머니는 많이 다를 것이다. 게다가 할머니는 아프시기도 하니까.

담희는 만약 자신이 민진과 같은 상황에 처하면 어떨까 상상했다. 30년 후의 엄마라. 그렇게라도 엄마를 다시 만날 수 있다면 좋을 텐데.

작년 4학년 여름방학, 담희와 엄마가 탄 차는 초록불로 신호가 바뀌기를 기다리며 횡단보도 정지선 앞에 서 있었다. 담희의 수영 학원에 다녀오는 길이었다. 그날 담희는 셔틀버스를 타기 싫었다. 사이가 좋지 않은 아이와 같이 타야 했기 때문이다. 20분 넘게 그 아이와 좁은 차 안에 있고 싶지 않았다. 그 애는 담희를 내내 기분 나쁘게 노려보며 담희가 무슨 말만 하면 다 들리도록 코웃음을 쳤다.

 엄마에게 데리러 오면 안 되느냐고 전화를 걸었다. 퇴근을 일찍 한 엄마는 담희를 데리러 오겠다고 했다. 담희는 엄마 차에 오르자마자 오늘 있었던 일에 대해 이야기했다. 엄마는 피곤한지 "응" "응" 하고 대꾸만 했다. 담희는 엄마에게 내 말 듣고 있느냐고 조금 화를 냈던 거 같다. 엄마가 뒷좌석으로 고개를 돌리며 미안하다고 말하는 순간 쾅 소리가 났다. SUV가 엄마와 담희의 차를 박았다. 엄마가 "담희야!" 하고 소리 지르는 게 마지막 기억이다.

 음주 운전 차량이 차선 이탈을 하고 속도를 줄이지 못해 일어난 사고였다. 사고 후 일주일 만에 담희는 의식을 찾았다. 찰과상을 입었을 뿐 거의 다치지 않았다. 하지만 운전석에 있던 엄마는 영영 깨어나지 못했다.

 그런데 엄마가 모르고 있는 게 있었다. 살아도 사는 것 같지 않은 건 자식을 잃은 부모만이 아니다. 부모를 잃은 자식도 마찬가지다. 울고 있는 민진을 보자 담희도 눈물이 났다. 그래서 엎드려 있는 민진을 안아주었다. 민진은 잠깐 멈칫했지만 그대로 가만히 있었다.

민진의 병원 진료에 담희도 함께 갔다. 아빠는 민진의 건강을 걱정했다. 사라졌을 적 민진은 뇌에 커다란 종양이 있는 상태였다. 당시 수술로 제거가 어렵다고 했고 의사는 민진이 오래 살지 못할 거라고 했다.
"뇌가 깨끗해요. 걱정 안 하셔도 되겠어요."
의사는 민진의 뇌 사진을 보여주며 아무 문제가 없다고 했다.
"너무 잘되긴 했는데. 이럴 수도 있구나."
아빠는 검사 결과를 쉽게 받아들이지 못했다. 그리고 여전히 염려가 되는지 민진을 데리고 온갖 병원으로 갔다.
'병원 자주 오니까 힘들지?'
담희가 수첩에 써서 민진에게 보여주자 민진은 "익숙한 일이야" 하고 말했다. 사라지기 전 민진은 병원에서 머무르는 시간이 길었다. 민진도 말을 잃은 담희처럼 병원이 일상이었나 보다.

  담희가 깨어났을 땐 엄마의 장례식이 끝난 후였다. 담희는 엄마가 세상에 없다는 게 믿기지 않았다. 자신은 이토록 멀쩡한데 엄마만 다쳤을 리 없다. 세상이 짜고 모두 담희에게 거짓말을 하고 있는 게 아닐까?
  어느 날 아침 눈을 떴는데 엄마가 담희를 바라보고 있었다. 역시 담희가 생각한 게 맞았다. 엄마가 떠났을 리가 없다. 담희는 엄마를 보자마자 왜 이제 왔느냐고 화를 냈다.
  "담희야. 엄마는 너한테만 보여. 그러니까 아무에게도 말하면 안 돼. 다른 사람이 알면 엄마는 떠나야 해."
  담희는 고개를 끄덕였다. 엄마는 담희 옆에 늘 함께 있었다. 학교에서도 집에서도. 담희는 엄마가 옆에 있어서 좋았다. 아무도 없을 때면 엄마와 몰래 대화를 했다. 엄마는 담희의 비밀 친구였다.

하루는 방에서 엄마와 침대에 나란히 누워 대화하고 있는데 아빠가 방문을 벌컥 열었다.

"담희야. 너 누구랑 이야기하는 거야?"

아빠가 전에 몇 번 물었을 때 담희는 아무것도 아니라고 했었다.

"담희 너 설마 엄마와 이야기한 거야?"

아빠의 물음에 담희는 너무 놀라 입을 다물지 못했다. 아빠도 엄마가 보이는구나! 담희는 신이 나서 맞는다고 대답했다.

"무슨 소리야, 담희야? 엄마는 여기 없어."

아빠가 담희를 안은 채 소리 내어 울었다.

"아냐, 아빠. 엄마 여기 있잖아. 바로 옆에."

담희는 아빠에게 안긴 채로 옆에 있는 엄마에게 손을 뻗었다. 그런데 아무것도 만져지지 않았다. 어? 분명 엄마인데. 담희는 아빠 품에서 나와 양손으로 엄마를 안으려고 했지만 엄마가 점점 희미해지면서 사라졌다.

"엄마! 엄마!"

엄마가 완전히 사라져버렸다. 담희는 자신이 실수했다는 것을 깨달았다. 엄마가 아무에게도 말하지 말라고 했는데……. 엄마와의 약속을 어겼기 때문에 엄마가 떠나버린 거야.

그날 이후로 담희는 아무 말도 할 수 없었다. 입 밖으로 어떤 소리도 나오지 않았다. 처음에 아빠는 담희가 일부러 말을 안 하는 거라 여겼다. 하지만 아무리 노력해도 목구멍 밖으로 "아아" 소리만 새어 나올 뿐이었다.

담희는 자신의 상황을 종이에 써서 아빠에게 보여주었다.

'아빠, 나 정말로 말이 안 나와.'

아빠는 여러 병원으로 담희를 데려갔다. 병원에서는 담희의 머리와 목에는 문제가 없다고 했다. 담희가 말을 하지 못하는 건 마음에서 비롯된 거라고. 그 이후로 담희는 마음 치료 센터를 다니고 있다. 센터에 다닌 지 1년 가까이 되었지만 아직까지도 말이 나오지 않는다. 말을 하려고 해도 입만 벙긋벙긋할 뿐 아무 소리도 나오지 않았다. 말을 하고 싶은데 목구멍이 막힌 것처럼.

5학년이 되어 처음 만난 아이들은 말을 못 하

는 담희가 듣지도 못한다고 착각했다. 그래서 담희가 있는데도 담희 흉을 보기도 했다. 예전 같았으면 속상하고 화가 났을 테지만 이상하게 아무렇지 않았다. 말을 잃으면서 마음까지 잃어버린 걸지도 모른다.

병원에서는 담희가 언젠가 말을 할 수 있을 거라고 했다. 담희는 별 상관 없었다. 고작 말 못 하는 게 무슨 대수라고. 어차피 딱히 하고 싶은 말도 없는걸.

담희는 옆에 앉은 민진을 바라봤다. 아빠는 민진에게 그동안 어디에 있었느냐고, 어떻게 지냈느냐고 물었지만 민진은 모르겠다고만 했다. 정말 기억이 나지 않는 걸까? 아니면 말하고 싶지 않은 걸까? 담희는 민진이 조금씩 궁금해졌.

담희가 수첩에 무언가를 적으려고 하는데 아빠가 담희와 민진 쪽으로 걸어와서 말했다.

"오늘 둘 다 고생 많았어. 가자. 맛있는 거 사줄게."

담희는 수첩을 가방에 슬그머니 집어넣었다.

민진이 먼저 일어나자 담희도 민진 옆을 종종걸음으로 따라갔다.

## 2. 담희와 민진

### 1

 저녁을 먹은 후 아빠가 민진을 불렀다. 거실에는 커다란 상자가 놓여 있었다. 담희는 다락방에서 저 상자를 본 적이 있었다.
 거실에 민진과 담희가 나란히 앉자 아빠가 상자 뚜껑을 열었다. 상자 안에는 인형과 책, 노트가 켜켜이 쌓여 담겨 있었다. 민진은 상자 안에서 마론 인형을 꺼냈다.
 "와, 빠빠가 미국에서 사 온 거잖아!"
 빠빠는 민진이 자신의 아빠, 그러니까 담희의 할아버지를 부르는 애칭이었다. 돌아온 민진과 처음 마주했을 때 아빠가 놀랐던 것도 빠빠라고 말한 걸 듣고서였다. 그건 진짜 민진만이 알고 있는 것일 테니까.

민진은 상자에서 물건을 하나하나 꺼내면서 미소를 지었다.

"우리는 오래도록 네 방을 그대로 두었어. 네 물건도 버리지 않았고. 네 방을 치워서 미안해. 네가 돌아올 줄 알았다면 안 그랬을 텐데."

아빠가 고개를 돌려 담희 방을 바라보았다. 지금 담희가 쓰고 있는 방은 원래 민진의 방이었다. 담희가 자라면서 방이 필요해졌고 아빠는 할머니에게 그 방을 담희가 써도 되느냐고 물었다. 언제까지 담희가 할머니와 함께 방을 쓸 수는 없었다. 할머니의 허락이 떨어진 후 민진의 방은 담희의 방이 되었다.

"괜찮아, 오빠. 나 대신 담희가 방을 외롭지 않게 해줘서 고마워."

민진은 할머니가 쓰던 방 말고 담희와 함께 방을 써도 괜찮으냐고 했다. 담희가 그럼 자기가 할머니 방으로 옮기겠다고 하자, 민진은 혼자 자기 싫다며 담희와 방을 같이 쓰고 싶다 했다. 담희가 좋다고 고개를 끄덕이면서 둘이 한방을 쓰게 되었다.

담희는 상자를 든 민진과 방으로 들어왔다. 민진은 상자 속 물건을 꺼내 수건으로 닦았다. 상자는 뚜껑으로 덮여 있었지만 물건에 조금씩 먼지가 쌓여 있었다.

담희는 민진에게 하고 싶은 말이 생각나 수첩을 꺼내 적었다.

'저기 민진, 내가 곰곰이 생각을 해봤거든.'

담희는 민진을 고모가 아니라 '민진'이라 불렀다. 아빠는 고모라고 부르는 게 좋지 않겠느냐고 했지만, 민진은 동갑내기에게 고모 소리를 듣고 싶지 않다며 이름을 부르라고 했다.

"뭘 생각했는데?"

민진은 30년 동안의 일이 기억나지 않는다고 했다. 눈을 떠보니 집 앞이었다고. 민진이 병원에서 사라진 지 30년이 흘렀다. 민진은 그동안 어디서 지냈던 걸까?

'혹시 너 냉동되었던 게 아닐까?'

담희는 냉동 인간에 관한 다큐멘터리를 본 적이 있다. 지금 의학 기술로는 어렵지만, 나중에는 고칠 수 있을지도 모른다는 희망으로 냉동 인간이 된 소녀의 이야기였다. 어쩌면 누군가 민진을 데려다가 냉동시켰던 게 아닐까 하고 담희는 생각했다.

'아니면 너는 복제 인간인지도 몰라. 누군가 너를 복제한 거지.'

그러자 민진이 어깨를 쓰윽 들어 올렸다가 내렸다.

"오빠랑 엄마도 모르는 일을 누군가 벌였다는 거야?"

민진의 말을 들으니 담희의 가설이 힘을 잃었다. 냉동 인간과 복제 인간은 모두 부모의 동의가 필요하니까.

'어쩌면 할머니가 다른 가족들에게 비밀로 하고 널 냉동시키거나 유전자 조작을 했을지도 몰라.'

담희는 수첩에 쓴 말을 곧바로 연필로 죽죽 그었다. 이건 말이 안 된다. 그랬다면 할머니가 그토록 오랜 시간 민진을 찾기 위해 방방곡곡을 다니지 않았을 거다. 할머니 방 서랍에는 민진의 얼굴이 프린트된 실종 아동 찾기 전단이 있었다. 할머니와 할아버지는 그 종이를 들고 전국을 찾아다녔다고 했다. 민진 또래의 실종 아동이 발견되었다는 소식을 들으면 어디든 갔다.

'그래! 외계인이 널 데려간 거야!'

담희가 쓴 메모를 보고 민진이 쿡쿡 웃었다. 그나마 이게 가장 설득력 있는데 민진은 왜 웃는 걸까. 무엇보다 민진은 왜 답답해하지 않는 거지? 30년의 시간을 기억하지 못하면 무척 답답할 것 같은데 민진은 별로 그렇게 보이지 않았다.

어쩌면 보이는 게 다가 아닐지도 모른다. 담희가 계속 물어보면 민진도 힘들 거다. 담희 역시 자꾸 말해보라고, 왜 말을 못 하느냐고 하는 사람들을 보면 싫다. 민진은 담희의 사연을 알지 못하는데도 담희를 닦달하지 않는, 답답해하지 않는 몇 안 되는 사람이다.

'자꾸 물어봐서 미안해.'

"괜찮아."

그때 아빠가 문을 열고 들어와 늦었으니 그만 자라고 했다.

침대가 싱글 사이즈라 담희가 침대를 썼고 민진은 바닥에 이불을 깔았다. 자신이 바닥에서 자겠다고 했지만 민진은 괜찮다고 했다.

담희와 민진은 전등을 끄고 누웠다.

민진의 숨소리가 새근새근 들렸다. 잠들었나 보다. 담희는 꼬리를 무는 궁금증에 잠이 오지 않았다. 민진은 30년 만에 돌아왔고 그 시간 동안 무슨 일이 있었는지 기억나지 않는다고 했다. 그런데 왜 민진은 그동안의 일들을 다 알고 있는 것 같을까. 할아버지가 돌아가셨다는 것을 알려주었을 때 민진은 별로 놀라지 않았다. 아픈 할머니를 만나고 난 후 울긴 했지만, 할머니가 병원에 있다고 했을 때도 어디가 아픈 거냐고 왜 병원에 있는 거냐고 묻지 않았다. 민진은 담희의 존재도 알고 있었다. 처음 만났을 때 담희가 이름을 알려주지 않았는데도 분명 먼저 "담희"라고 부른 걸 보면. 민진은 어떻게 담희의 이름을 알고 있었던 걸까?

담희는 민진에게 묻고 싶었지만 어둠 속에선 수첩에 적을 수가 없었다. 내일 아침에 일어나면 민진에게 물어봐야겠다고 생각했다.

## 2

담희는 민진과 같이 센터에 왔다. 오늘은 미술 수업이 있는 날이다. 아빠는 민진에게 담희와 함께 센터에서 수업 듣기를 권했지만 민진은 괜찮다고 했다. 아빠는 담희를 불러 민진에게 슬쩍 센터 수업이 좋다는 걸 알려주라고 했다. 자연스레 센터를 오가며 민진이 수업을 듣겠다고 하기를 기대하는 것 같았다.

순서를 기다리면서 담희는 민진에게 수첩에 무언가를 적어 보여줬다.

'여기서 기다려. 대기실에 책 있으니까 읽으면 돼.'

민진이 알았다며 자기 걱정은 말라고 했다.

"너희 언니니?"

접수대 선생님이 물었다. 담희는 잠깐 망설이다가 수첩에 '친척이에요'라고 썼다. 고모라고 말하면 왜 고모가 어린애냐고 물을 테고 그걸 다 설명하다가는 수첩을 수십 장 써야 할 거다.

"엄청 닮았네? 쌍둥이래도 믿겠어. 시간 됐다. 이제 들어가자."

담희는 방으로 들어가기 전 민진을 바라봤다. 그렇게 많이 닮았나? 만나는 사람마다 그 이야기를 했다. 둘 다 반곱슬 머리에 귀밑까지 오는 머리 길이 때문일까? 아니면 웃을 때 볼에 가로로 길게 패는 인디언 보조개 때문일까?

담희와 민진은 얼굴만 닮은 게 아니다. 둘은 공통점이 많았다. 노란색을 좋아하고, 마요네즈를 먹지 않고, 새를 무서워한다. 담희는 민진과의 공통점을 찾을 때마다 반가워 수첩에 적었다.

문을 두드리자 안에서 "들어오세요" 하는 소리가 들렸다. 담희는 문을 열고 들어갔다. 탁자 앞에 한보경 선생님이 앉아 있었다.

"잘 지냈어?"

담희는 고개를 끄덕였다.

"방학했지? 방학 때 어디 갈 계획 있니?"

담희는 수첩에 '아뇨'라고 썼다가 지운 후 '아직

모르겠어요'라고 적었다. 어제 아빠는 민진에게 하고 싶은 일이나 가고 싶은 곳이 있느냐고 물었다. 민진은 고민해보겠다고 했다.

"오늘은 자화상을 그려볼 거야. 자화상은 자기 얼굴을 그리는 거야. 담희가 생각하는 자신의 얼굴을 그려봐."

담희는 검은색 색연필을 집은 후 어떻게 밑그림을 그려야 할지 생각했다. 유치원에서 가족 그림을 그릴 때를 제외하고 담희는 자기 얼굴을 그린 적이 없다. 어떻게 생겼더라? 그러고 보니 담희는 자기 얼굴을 한 번도 직접 본 적이 없다. 거울을 통해 보거나 사진을 통해 볼 뿐이다. 직접 볼 수 없는데 그게 자신의 진짜 얼굴이라고 할 수 있을까? 이런 말을 하면 친구들은 "너는 너무 어려운 말을 해" 하면서 당황하는 표정을 지었다.

담희는 거울에 비친 자기 얼굴을 스케치북에 그렸다. 동그란 얼굴에, 눈은 외꺼풀인데 옆으로 길쭉하다. 눈썹은 옅고 코는 낮다.

담희는 여러 심리 치료 센터에 다니고 있다.

의사 선생님이 진료하는 곳도 있고, 언어 치료 선생님과 수업하는 곳도 있다. 다니기 싫지만 아빠가 다니라고 해서 어쩔 수 없이 다닌다. 그중 담희가 유일하게 좋아하는 곳은 미술 센터다. 여기서는 부담 없이 그림만 그리면 되니까. 언어 수업에서는 말하는 법을 가르쳐준다며 자꾸 소리를 내보라고 하는데 그게 쉽지가 않다.

어느새 담희는 색연필로 색칠까지 다 했다.

"그림 속에도 담희가 그대로 있네."

보경이 담희 그림을 가리키며 말했다. 담희는 자신이 그린 그림을 다시 한번 봤다. 닮게 그리려고 했는데 정말 나랑 닮았나? 이상하게 자기보다는 민진을 더 닮은 것 같다.

"담희는 그림 그리는 걸 좋아하지?"

담희가 고개를 끄덕였다. 보경이 그림을 잘 그렸다고 칭찬했다.

'선생님도 그림 잘 그리시잖아요.'

담희가 글로 쓴 후 벽에 걸린 액자를 가리켰다. 보경과 수업을 하러 올 때마다 저 그림이 눈에 띄었다. 유화로 그린 숲인데 나뭇잎 색깔이

독특했다. 푸른색이 아닌 자줏빛 숲. 그 안에 덩그러니 있는 집 한 채. 나무와 돌을 쌓아 지은 게 꼭 동화에 나올 것 같은 집이었다. 그림을 자세히 보니 은발 머리카락을 한 두 사람이 있다.

'근데 저긴 어디예요?'

"나도 잘 몰라."

'선생님이 가본 곳 아니에요?'

보경이 고개를 저었다.

"꿈에서 본 걸 그렸거든."

그림을 그리고 나면 담희는 선생님과 필담으로 이야기를 나눈다. 학교에서 휴대폰 사용이 금지다 보니 수첩에 적기 시작했는데, 수첩에 글씨를 적는 게 아예 새로 문장을 써야 하는 휴대폰보다 편했다. 고치는 게 쉬웠으니까. 하지만 담희와 수첩 대화를 오래 이어갈 수 있는 사람은 별로 없다. 휴대폰으로 메시지를 주고받는 건 다들 좋아하지만 얼굴을 직접 마주 보고 있을 때 수첩을 꺼내는 담희를 친구들은 답답하게 여겼다. 친구들은 소리 내어 곧바로 말을 하는데, 담희는 그보다 시간이 조금 더 걸렸다.

'선생님, 저 친척이랑 같이 살게 됐어요.'

담희는 있었던 일도 보경 선생님에게는 곧잘 이야기했다. 민진에 대해 자세히는 말할 수 없긴 해도 그래도 민진의 이야기를 하고 싶었다.

'다들 저와 많이 닮았대요.'

담희는 방학이 기다려지지 않았었다. 학교 다니는 건 재미없지만 방학이라고 재밌는 것도 아니고 게다가 종일 집에 혼자 있어야 하니까. 하지만 민진이 온 이후로 담희는 하루를 시작하는 게 설렜다. 잠들기 전 내일은 민진과 무엇을 할까 생각한다. 민진은 많은 걸 신기하게 여긴다. 휴대폰도 몰랐고 인터넷도 몰랐다. 민진에게 이것저것 알려줄 때면 담희는 마치 민진의 언니가 된 기분이 들었다.

수업이 끝난 후 담희가 나왔다. 민진은 대기실 의자에 앉아 책을 읽고 있었다.

담희가 다가가 팔을 톡톡 쳤고 민진이 얼굴을 들어 담희를 바라봤다.

"다 끝났어?"

담희가 고개를 끄덕였다. 민진이 가방을 챙기

고 일어서는데 상담실에서 한보경 선생님이 나왔다. 손에 텀블러를 든 걸 보니 정수기에서 물을 받으려는 것 같았다. 정수기는 대기실 의자 쪽에 있었다. 선생님이 담희를 향해 다가왔다.

"담희야, 이 친구가 아까 말한 친척이야?"

보경은 자신을 담희의 선생님이라 소개했다.

"안녕? 담희랑 정말 많이 닮았네."

민진이 선생님에게 고개 숙여 인사했다. 보경이 민진의 목을 가리키며 말했다.

"근데 초크 목걸이가 너무 조이지 않니? 좀 헐겁게 차면 좋을 것 같은데."

담희는 보경이 무슨 말을 하는지 이해가 가지 않아 고개를 갸우뚱했다. 목걸이라니? 민진은 아무것도 차고 있지 않은데? 그런데 손으로 제 목을 만지는 민진이 한쪽 눈썹을 찡그렸다. 민진은 보경이 들어간 곳을 한참 바라봤다.

"담희야. 저 선생님은 누구야?"

'한보경 선생님. 내 그림 치료 선생님이야. 왜?'

"아냐, 아무것도. 그만 가자."

민진이 담희의 팔을 잡아끌었고 둘은 센터에

서 나왔다.

둘은 담희가 다니고 있는 초등학교로 향했다. 민진이 학교에 가보고 싶다고 했기 때문이다. 민진과 아빠도 지금 담희가 다니고 있는 학교를 다녔다.

방학임에도 운동장에는 놀고 있는 아이들이 제법 있었다.

"내가 다닐 땐 국민학교였는데."

담희도 아빠에게 예전에는 초등학교가 아니라 국민학교였다는 이야기를 들은 적이 있다.

'학교 다니고 싶어?'

민진이 고개를 끄덕였다. 민진은 몸이 아파서 학교에 거의 가지 못했다.

'병원에만 있으면 심심했겠다.'

"그래도 친구가 있었어. 영랑이라고."

담희가 그 친구에 대해 물어보려는데 민진이 학교로 더 가까이 다가갔다. 담희는 수첩에 적던 걸 그만두고 민진을 따라갔다.

민진은 고개를 길게 빼어 안을 들여다봤다. 담희가 건물 안으로 들어가보겠느냐고 물었지만 민진은 "다음에"라고 대답했다.

담희는 민진과 함께 학교 다니는 모습을 상상했다. 같은 반이 되면 좋겠다. 담희가 민진에게 학교에 대해 이것저것 알려줄 수 있다. 민진은 오랜만에 학교를 다니는 거라 모르는 게 많을 거다.

그러다 순간 아차 싶었다. 담희는 학교에 친구가 한 명도 없다. 외톨이처럼 지내는 모습을 민진에게 보여주고 싶지는 않은데. 이럴 줄 알았으면 학교에서 친구들과 잘 지내볼걸.

민진은 학교를 한참 바라보기만 했다. 손을 들어 학교를 만지려는 포즈를 취하기까지 했다. 담희는 민진이 쉽사리 이해가 가지 않았다. 학교가 뭐라고 그리워하나. 담희는 학교 따위 하나도 그립지 않을 것 같다. 담희는 가끔 어른이 되고 싶을 때가 있는데 바로 학교 때문이다. 어른이 되면 학교는 다니지 않아도 되니까. 담희는 민진 옆에 가만히 서 있었다. 오른발로 바닥을 콩콩 치기도 했고 고개를 오른쪽 왼쪽으로 움직여보기도 했다.

얼마나 시간이 지났을까. 고개를 돌린 민진이 담희를 보며 말했다.

"배고프다. 우리 뭐 먹으러 가자."

담희는 얼른 민진의 팔에 팔짱을 끼었다. 무얼 먹으면 좋을까? 민진이 먹어보지 못한 것이면 좋을 텐데.

담희는 대로변 상가를 걸으며 식당을 찾았다. 아! 저거다! 담희가 민진의 팔을 당기며 메뉴를 보라고 했다. 민진도 좋다고 고개를 끄덕였다.

둘은 마라탕을 파는 식당으로 향했다. 반 아이들이 마라탕 이야기를 하도 해대는 통에 담희도 먹어보고 싶었다. 하지만 아빠는 그런 건 건강에 좋지 않다면서 사주지 않았다.

식당으로 들어오며 민진이 살짝 인상을 썼다.

"냄새가 이상해."

담희도 비슷한 생각을 했다.

'다른 데 갈까?'

"아냐. 먹어보고 싶어."

둘은 빈자리를 찾아 앉았다. 점심시간이 지나선지 식당 안에 사람이 많지는 않았다.

'아빠가 카드 줬어. 먹고 싶은 거 다 먹어도 돼.'

담희가 지갑에서 아빠에게 받은 체크카드를 꺼내 보여줬다. 5학년이 되면서 아빠는 체크카드를 만들어주었지만 담희는 잘 가지고 다니지 않았다. 혼자 다니다 보니 쓸 일이 별로 없었기 때문이다. 하지만 오늘은 민진과 함께 밥을 사 먹기 위해 아빠에게 카드를 가져가도 되느냐고 물었다.

"왜 돈을 안 써?"

'걱정 마. 카드로 다 살 수 있어.'

"아니, 내 말은 왜 현금을 안 쓰냐는 거야. 오빠도 그것만 쓰고."

담희는 고개를 갸우뚱했다.

'예전에는 카드 거의 안 썼어?'

민진이 그렇다고 대답하자 담희는 뭐라고 답해야 할지 몰랐다. 그냥 카드를 쓰는 건데 왜 쓰냐고 물으면 뭐라고 해야 하지. 다행히 민진이 알아서 답을 찾았다.

"그래. 카드가 훨씬 편하긴 하겠다. 근데 누가 카드 훔쳐 가서 막 쓰면 어떻게 해?"

'음. 그건 안 될 거야.'

"왜?"

'CCTV가 있어서 도둑을 잡아내거든.'

담희는 식당 안에 있는 CCTV를 가리켰다. 여기저기 곳곳에 CCTV가 있다. 민진은 항상 감시당하는 게 무섭다고 말했다. 이제까지 담희는 CCTV에 대해 생각해본 적이 없다. 휴대폰도, 인터넷도, 카드도, CCTV도 있는 게 당연하다고 여겼는데 아니었다. 민진과 있다 보면 다르게 생각하게 되는 것들이 많았다.

잠시 후 주문한 마라탕이 나왔다. 매콤하고 알싸한 냄새가 코끝을 찔렀다. 민진은 조심스럽게 마라탕 속 고기와 채소를 하나씩 건져 먹었다. 담희는 먹지 않고 민진이 먹는 것을 가만히 지켜봤다. 이번에는 민진이 무슨 말을 할지 기대했다. 엊그저께는 매운 볶음면을 끓여주었는데 재밌는 맛이라고 했다. 민진에게 새로운 음식을 소개해주면 어떤 반응을 보일지 기대됐다. 민진이 눈을 동그랗게 뜨고 "오, 맛있다!"라고 말하면 담희도 모르게 배시시 웃음이 새어 나왔다. 이번에 민진은 무어라 말을 할까.

"맛이 좀 이상해."

민진은 인상을 찌푸리면서도 먹는 것을 멈추지 않았다.

"이상한데 맛있어."

담희는 민진을 따라 마라탕을 먹기 시작했다. 담희도 마라탕은 처음 먹어본다. 민진 말대로 이상하지만 맛있었고 맛있지만 이상했다. 민진과 함께하는 시간도 그랬다. 이상하지만 재밌었고 재밌지만 이상했다.

## 3

담희는 민진, 아빠와 함께 할머니에게 다녀왔다. 원래 주말에만 할머니를 보러 갔지만 할머니가 민진을 보고 싶어 하기에 매일 가고 있다. 민진이 돌아와서일까. 할머니는 부쩍 건강해 보였다. 혼자 똑바로 의자에 앉았고 말도 많이 했다. 오늘 할머니는 조금 있으면 퇴원해서 집으로 갈 수 있을 것 같다는 말까지 했다. 할머니는 진심으로 행복해 보였고 아빠도 기뻐 보였다. 민진도 할머니의 손을 잡고 계속 웃었다.

"민진아. 혹시 뭐 생각난 거 없니? 그동안의 일 말이야."

돌아오는 길에 아빠가 물었지만 민진은 "없어" 하고 말했다. 민진이 돌아온 지 2주가 넘었지만 아직 민진은 아무것도 기억해내지 못했다. 경찰은 민진이 기억하지 못하는 한 납치든 유괴든 뭐든 수사가 불가능하다고 했다. 아빠는 기억나는 것이 하나라도 있으면 꼭 말해달라고 했다.

집으로 돌아온 민진이 침대에 기대어 앉았고 담희도 그 옆에 앉았다.

담희는 수첩에 적은 걸 민진에게 보여줬다.

'혹시 우리 엄마도 너처럼 돌아올 수 있을까?'

아빠가 민진에게 엄마와 담희 이야기를 해주어 민진도 엄마 이야기를 알고 있다. 민진은 대답 대신 가만히 담희를 바라봤다. 민진이 고개를 저었다.

"아마 그건 불가능할 거야."

담희는 그럴 줄 알았다며 혹시나 해서 한 번

물어봤다고 적었다.

'우리 인터넷으로 침대 찾아볼까?'

아까 아빠는 민진에게 침대를 사러 가자고 했다. 민진은 다음에 가구점에 가서 보면 된다며 괜찮다고 했다. 사진으로 보는 것보다 직접 보는 게 낫겠지. 담희는 2층 침대가 어떨까 생각했다. 어렸을 때 2층 침대를 쓰고 싶었지만 외동인지라 2층 침대를 살 필요가 없었다. 그런데 2층 침대를 쓰는 애들의 이야기를 들어보면 별로라고 했다. 1층은 답답하고 2층은 오르내리기 불편하다고. 아무래도 2층 침대 이야기는 하지 말아야겠다.

담희는 침대 대신 다른 걸 물었다.

'너는 왜 나한테 아무것도 안 물어봐?'

"뭘?"

'왜 말을 안 하는지 말이야.'

"수첩에 쓰잖아. 그러면 괜찮아."

다들 담희에게 언제까지 말을 하지 않을 거냐고 말 좀 해보라고 다그쳤다. 아빠도, 할머니도, 이모도, 반 아이들도, 선생님들도. 그럴수록 더

욱 말이 나오지 않았다. 담희는 자신이 왜 말을 못 하는지 이유를 알고 있다.

'사실 나는 벌을 받았어.'

민진이 놀라서 물었다.

"네가 왜?"

담희는 수첩에 곧장 적지 못했다. 연필을 너무 꽉 쥐어 오른손 세 번째 손가락 마디가 아팠지만 손에 힘을 풀 수가 없었다.

엄마가 사라진 건 담희 때문인지도 모른다. 사고가 나기 일주일 전이었다. 엄마는 담희가 계속 인터넷만 한다며 휴대폰을 뺏어 가버렸다. 그때 속으로 짜증 난다며 엄마 따위 없어져버렸으면 하고 생각했다. 왜 그런 생각을 했을까.

'내가 엄마를 저주해서 사고가 난 것 같단 생각이 들어.'

민진이 떨리는 담희의 손을 잡아주며 말했다.

"담희야. 사고랑 네 생각은 아무 상관 없어."

담희는 고개를 저었다.

3학년 때 반에서 장기자랑 시간이 있었다. 담희는 아이들 앞에서 춤을 추고 싶지도 않았고 노래를 부르기도 싫었다. 마술 같은 걸 뽐낼 재량도 없었다. 장기자랑 전날 밤, 담희는 학교에 가지 않게 해달라고 빌었다. 다음 날 아침, 엄마는 학교를 며칠 쉬어야 한다고 했다. 학교에 불이 났다는 거였다. 담희는 자기 기도가 통했다는 데에 놀랐다. 그렇기에 담희는 엄마가 사라지길 바라서는 안 됐다.

담희는 평소 글씨보다 조금 더 작은 글씨로 수첩에 적었다.

'사고 낸 아저씨가 죽었으면 좋겠어. 나는 그 생각을 자주 해.'

담희는 민진에게 다른 마음도 보여주었다.

'엄마랑 같이 있는 아이들을 보면 미워. 왜 저 아이 엄마는 살아 있는 거지?'

담희는 곧바로 자신이 쓴 문장을 연필로 마구 까맣게 칠했다. 너무 어두운 마음이라 이제까지 누구에게도 말하지 못했던 진심.

"담희야."

민진이 담희에게 가까이 오라며 손짓했다. 담희는 민진 옆에 가만히 앉아 어깨에 머리를 기댔다. 민진은 조용히 노래를 부르기 시작했다. 어렸을 적 할머니가 담희에게 자주 불러주던 노래였다. 쿵쾅대던 담희의 마음이 조금씩 평온해지기 시작했다.

 침대에 누운 담희는 민진이 방으로 들어오기를 기다렸다. 민진이 씻고 오는 동안 일부러 잠이 든 척했다.

 잠시 후 수건으로 머리를 감싼 민진이 방으로 들어왔다. 민진이 젖은 머리카락을 말리기 위해 책상 앞에 앉았다. 담희는 실눈을 뜨고 민진을 살폈다. 민진은 책상 위에 펼쳐진 담희의 메모를 봤다. 담희는 심장이 뛰었다.

 '나는 네가 와서 너무 좋아. 민진, 돌아온 걸 진심으로 환영해.'

 이 말을 할까 말까 하다가 결국 하기로 했다. 민진에게 꼭 전하고 싶었다.

 민진은 수첩을 들어 한참 들여다봤고 담희는 그 모습을 보다가 잠이 들었다.


 보경 선생님과의 수업 날이지만 담희는 집중

할 수 없었다. 민진은 대기실에서 기다리는 게 지루하지 않다고 했지만, 빨리 수업을 끝내고 민진과 놀고 싶었다.

"담희야, 오늘도 친척이랑 같이 왔어?"

담희가 자꾸 문 쪽을 쳐다보자 보경 선생님이 물었다. 담희는 고개를 끄덕였다.

"마음 맞는 친구가 생겨서 정말 다행이야."

'저는 민진이 너무 좋아요.'

이제 담희의 그림에는 꼭 민진도 함께 있었다. 민진은 담희가 수첩에 글을 쓰는 시간이 오래 걸려도 기다려준다. 다른 아이들은 답답하다며 빨리 쓰라고 재촉하거나 담희가 쓰는 걸 기다리지 못하고 가버린다. 그렇지 않은 아이들은 얼른 좀 쓰라는 무언의 눈빛을 한 채 한숨을 폭폭 쉬며 담희를 지켜본다. 그러면 조급한 마음에 글씨가 엉망이 되어 오히려 아이들이 알아보지 못하게 된다.

다음 주 개학을 하면 아빠가 민진도 학교에 다닐 수 있도록 해준다고 했다. 담희는 민진과 학교에 갈 생각을 하니 들떴다.

"담희야. 그런데 네 친척은 이사 온 거야? 어디 살았는데?"

담희는 어떤 대답도 할 수 없었다. 담희도 알고 싶지만 모른다.

"내가 괜한 걸 물었나 보다. 계속 그려."

수업이 끝난 후 담희는 대기실로 갔다.

민진이 무언가를 적고 있었다. 가까이 가보니 글이 아니라 그림을 그리고 있었다. 담희가 온 걸 알아챈 민진이 고개를 들었다. 민진은 들고 있던 노트를 닫아 가방에 넣었다.

'뭘 그린 거야?'

"아냐. 아무것도."

센터에서 나가려는데 아빠에게 전화가 왔다. 왜 전화를 했지? 담희가 대답을 하지 못하기에 아빠는 주로 메시지를 보낸다.

담희는 전화를 받았다.

"담희야, 민진이랑 빨리 할머니 병원으로 와!"

## 3. 작별

1

새벽에 깬 진설은 좀처럼 다시 잠들지 못했다. 한참을 그대로 누워 있다가 방문을 열고 나왔다. 아무래도 잠이 잘 오게 해주는 설피초로 우린 차를 한잔 마시는 게 좋을 것 같았다.

진설이 어렸을 때 할머니는 설피차를 종종 마셨다. 진설은 자도 자도 졸렸지만 할머니는 나이가 들면 잠이 줄어든다며 자고 싶어도 못 자는 것만큼 힘든 게 없다고 했다. 그때는 잠이 줄면 더 많이 놀 수 있을 테니까 나이가 드는 게 나쁘지만은 않다고 생각했었다. 하지만 할머니 말이 맞았다. 밤늦게까지 잠을 못 자거나 특히 지금처럼 중간에 깨었을 때 다시 잠들지 못하는 건 몸이 힘든 일이었다.

찻잎이 우러나며 설피 향이 났다. 설피초는 보라색 꽃으로 마음을 안정시켜주고 몸을 나른하게 만들어주는데, 정신을 깨우고 에너지를 샘솟게 하는 각인초와 비슷하게 생겨서 잘 구분해야 한다. 예전에 진설이 약초 테라피 자격증 시험을 앞두고 일부러 각인초를 먹었는데 알고 보니 설피초와 착각한 거였다. 그래서 첫 번째 시험에서는 보기 좋게 떨어졌다.

마인계에 사는 사람들은 마력을 가지고 있지만 대부분 그 능력이 미미하기에 약초나 도구를 이용한다. 세작처럼 순 마력을 부릴 줄 아는 혈통은 얼마 되지 않는다.

지난번 밤 숲에서 만난 아이는 영랑이 아니었다. 영랑은 진설이 모모 나이일 적에 만났던 밤 숲의 아이다. 막 약초에 대해 알아가기 시작했을 때 진설은 틈만 나면 약초를 구하러 다녔다. 밤 숲에 좋은 약초가 많다는 이야길 들었다. 아버지와 어머니는 세작을 좋아하지 않아서 밤 숲에는 되도록 가지 말라고 했다. 하지만 약초 천국인 그곳을 어찌 모른 척할 수 있으랴. 밤 숲은 조금만 돌아다녀도 바구니 안에 쓸 만한 약초가 쌓였다.

그날은 유독 좋은 약초를 많이 구한 날이었다. 상처를 곧바로 아물게 하는 후사초, 우는 아이를 달래는 새진초, 웃음이 나오게 하는 소소초, 마음을 편하게 해주는 라딘초……. 진설의 바구니가 가득 찼다. 책으로만 봤던 약초도 있었다.

진설은 밤 숲을 걷고 또 걸었다. 숲 끝으로 가니 무지갯빛 폭포가 나왔고 길 끝에 후사초가 잔뜩 있었다. 진설은 조심조심 다가가 앉은 후 후사초를 뜯었다. 땀이 나서 이마를 닦으려다 실수로 옆에 있는 바구니를 팔로 쳤다. 바구니가 떼구루루 굴러갔다. 손을 뻗으면 잡을 수 있을 거리였기에 진설은 움직여 바구니를 잡았는데 몸이 중심을 잃고 미끄러졌다. 절벽 아래로 몸이 기우뚱한 순간 누군가 진설의 팔을 잡아 끌어주었다. 그 아이가 아니었으면 절벽 아래에 그대로 떨어질 뻔했다. 무사히 올라온 진설은 바닥에 털퍼덕 주저앉아 숨을 가쁘게 내쉬었다.

"괜찮아?"

아이가 물었지만 대답할 수 없었다. 놀란 마음이 쉽게 진정되지 않았다. 바구니가 바로 앞에 있음에도 몸을 까딱하기도 힘들었다.

"그 바구니 안에 주황색 약초가 있을 거야. 그것 좀 꺼내줄래?"

아이는 진설의 요청대로 라딘초를 꺼내주었다. 진설은 약초를 조금 뜯어서 입에 넣어달라고 부탁했다. 여전히 몸이 움직여지지 않았으니까. 라딘초를 씹고 가만히 있었더니 점차 긴장이 풀리면서 마음이 편해졌다. 그제야 진설은 자신을 도와준 아이에게 물었다.

"그런데 너는 누구야?"

"영랑. 여기 밤 숲에 살아."

"여긴 세작님 집밖에 없는데?"

영랑은 자신이 세작님의 친척이라며 그곳에 산다고 했다.

"사실은 나 여기서 너 몇 번 봤어. 약초 캐러

자주 왔잖아."

"아, 그래? 어쨌거나 오늘 정말 고마워. 네가 아니었으면 나는……. 으, 생각하기도 싫다. 이 은혜 절대 잊지 않을 거야."

"잊어도 돼."

영랑이 웃으며 대답했다.

"아니야. 내가 오늘 캔 약초 다 줄게!"

"약초는 필요 없어. 대신 가끔 와서 나랑 놀아 줄래?"

"응. 좋아! 약속할게."

"앞으로도 계속?"

"응. 언제까지나. 우리 마인들은 약속을 반드시 지키잖아."

그 후로 진설은 밤 숲에 갈 때마다 영랑을 만나 함께 놀았다. 영랑은 진설이 약초 캐는 것을 도와주기도 했다. 영랑은 세작의 친척이라 약초는 필요하지 않다며 자신이 캔 약초를 진설에게 줬다.

진설은 그에 보답하듯 영랑에게 약초에 대해 이것저것 알려주었다.

"저 빨간 건 뭐야?"

개울가에 붉고 화려한 꽃이 피어 있었다. 영랑은 왜 저건 캐지 않느냐고 물었다.

"아, 저건 위절초야. 먹으면 숨이 멈춘 것처럼 보인다고 해서 그렇게 이름이 붙여졌대. 난 저건 필요 없어."

둘은 주로 밤 숲에서만 만났다. 한번은 진설이 밤 숲 말고 마을에서 만나자고 했지만 영랑은 그건 안 된다고 했다.

"밤 숲에서만 지내면 안 심심해?"

"괜찮아. 네가 와주니까."

"이번에 축제가 열리는데 무척 재밌을 거야. 너랑 같이 가면 더 재밌을 텐데. 세작님한테 부탁해봐."

"난 밤 숲을 벗어나면 안 돼. 바깥 공기가 나빠서 내 몸에 해롭거든. 또, 세작님도 화내실 거고……."

영랑의 말은 사실인 것 같았다. 무슨 이유 때문인지 영랑은 몸이 자라지 않았다. 진설과 영랑이 만나는 사이 진설은 키와 가슴이 커졌지만 영랑은 처음 만났을 때 모습 그대로였다.

그래도 진설은 마을 축제에 꼭 영랑을 데리고 가고 싶었다. 딱 한 시간이면 된다. 설마 그 한 시간 다녀왔다고 무슨 일이 생길까. 진설은 세작이 눈이 좋지 않다는 영랑의 말을 떠올렸다.

"그래봤자 잠깐인데 뭘! 그럼 몰래 다녀오자. 너 대신 이불 안에 베개를 넣어. 네가 자는 척해 놓고 나오면 될 거야."

고민하던 영랑은 진설에게 그러겠다고 했다.

축제 마지막 날, 밤 숲 입구에서 진설은 영랑과 만났다. 둘은 손을 잡고 축제에 가서 한바탕 신나게 놀았다. 밤 숲을 벗어난 영랑은 조금도 아파 보이지 않았다. 숨도 잘 쉬고 잘 뛰어다니고 잘 웃었다.

발맞춰 길을 걸으며 진설은 수줍게 영랑에게 고백했다.

"영랑, 너는 나의 아미야."

"아미가 뭐야?"

영랑은 아미라는 말이 뭔지 몰랐다. 아미는 마인계 말로 '옆에 서 있는 사람', 친구를 뜻한다.

진설이 설명해주자 영랑도 "너도 나의 아미야"라고 말해주었다.

　나란히 걸으며 달빛으로 만든 사탕을 먹고 있는데 둘 앞에 세작이 나타났다. 세작은 영랑에게 무서운 얼굴로 따라오라고 말한 후 영랑을 데려갔다. 진설은 영랑이 괜찮을지 걱정이 되었다. 다음 날 밤 숲에서 영랑을 만났을 때 영랑은 혼나지는 않았다고 했다.

　며칠 뒤 갑자기 아빠는 일자리가 생겼다며 진설에게 삼촌 집으로 가라고 했다. 삼촌이 진설을 데리러 왔고 진설은 급하게 떠나야만 했다.

　진설은 영랑을 까맣게 잊었다. 지난번 밤 숲에서 모모의 친구라는 아이를 만나기 전까지 진설은 영랑을 완전히 잊은 채 살았다. 어떻게 영랑의 존재를 감쪽같이 잊을 수 있었을까? 누군가 진설의 기억을 봉인한 게 아니라면 이렇게 아무것도 기억하지 못하는 건 불가능한 일이다.

　얼마 전 진설은 세작을 만났다. 세작에게 지금 영랑이 어디 있느냐고 물었다. 세작은 "영랑?" 하고 오래 생각하다가 "아아, 그 아이" 하고 기억을 되짚었다. 세작은 영랑이 오래전 떠났다며 잘 지내고 있을 거라는 말을 했다. 혹시 자신의 기억을 가두었냐는 질문에 세작은 그런 일이 없다고 딱 잡아뗐다. 영랑과 약속했는데. 언제까지 함께 놀겠다고. 하지만 진설은 영랑과의 약속을 지키지 못했다.

요즘 모모는 밤 숲에 갔다가 일찍 돌아온다. 친구와 왜 놀지 않았느냐고 물으니 이상한 말을 했다.

"아직 새 친구가 오지 않았거든."

모모는 새 친구에게 줄 선물인 바구니를 만든다며 밤늦게 잠이 들었다. 새 친구는 또 누구지? 지난번 모모가 소개해준 아이는 어디로 간 거고? 영랑도 그 아이들과 관련 있는 걸까? 무엇보다 영랑은 정말 잘 지내고 있을까? 여러 생각이 몰려왔지만 설피초의 효과가 나타나면서 진설은 몸이 나른해지기 시작했다.

방으로 돌아온 진설은 곧장 침대에 누워 잠이 들었다.

## 2

할머니가 세상을 떠났다.

아빠는 할머니가 위독하다며 빨리 병원으로 오라고 했다. 담희와 민진이 병원에 도착했을 때 할머니는 눈을 감고 있었다. 의식이 없는 상태라고 했으나 민진이 다가가 "엄마" 하고 부르자 할머니가 눈을 떴다.

"우리…… 아가."

민진의 손을 잡고 할머니는 간신히 그 말을 내뱉곤 눈을 감았다. 할머니는 깊은 잠에 빠진 사람처럼 그대로 다시 일어나지 않았지만 민진은 오래도록 할머니를 안고 있었다.

담희는 장례식장이 무척 이상하게 느껴졌다. 원래 장례식은 다 이런 걸까? 다들 할머니를 찾아왔지만 할머니는 없고 할머니만 빠진 할머니의 행사. 담희는 엄마의 장례식도 이랬을까 궁금했다.

"저분은 엄마 사촌 동생이야. 미국에서 오셨나 보네."

민진은 장례식장에 온 손님들을 다 알아봤다. 민진은 아빠와 함께 친척들에게 인사를 하다가 때때로 멍하니 있었다. 담희는 민진을 흘끔흘끔 바라봤다. 지금 민진의 기분이 어떨지 담희는 알 수 있다. 담희도 엄마와 헤어졌으니까.

민진도 심장이 아플까? 어떨 때 담희는 심장이 너무 조이고 쓰라려서 심장을 떼어내고 싶기도 하다. 그런 걸 보면 마음은 머리에 있는 게 아니라 가슴에 있는 게 맞다.

담희와 민진의 공통점이 하나 더 늘었다. 엄마를 잃었다는 것. 민진이 돌아왔을 때 담희는 어쩌면 하늘에 먼저 간 엄마가 민진을 선물로 보내주었는지도 모른다고 생각했다. 그런데 이제는 민진 옆에 자신이 있어줄 수 있어서 다행이다 싶었다.

"여기 계속 있지 말고 들어가서 좀 쉬어."

아빠가 서 있는 담희와 민진에게 오더니 말했다. 장례식장 안에는 유가족 짐을 두거나 잠깐씩 쉴 수 있는 작은 방이 있었다. 민진이 머뭇거리자 담희가 민진의 팔을 잡아끌었다. 민진이 피곤

해 보였기 때문이다.

둘은 아빠를 따라 안쪽에 있는 방으로 들어왔다. 방은 사람이 없는데도 에어컨이 켜져 있어 썰렁했다. 아빠가 춥다면서 리모컨을 찾아 에어컨 전원을 꺼주었다.

"여기서 쉬고 있어. 알았지?"

아빠가 문을 닫고 방에서 나갔다. 둘은 빈자리를 찾아 벽에 기대어 앉았다. 담희는 민진과 자신의 다른 점을 찾았다. 민진에겐 아빠가 없지만 담희는 있다. 그러자 담희는 민진에게 문득 미안해졌다.

담희는 수첩을 꺼내 적었다.

'내가 너와 함께할 거야. 내가 너를 지켜줄게.'

민진은 물끄러미 담희를 바라봤다. 민진은 미소를 지으려고 했지만 잘되지 않는지 웃지도 울지도 못하는 이상한 얼굴이 되었다. 담희는 민진의 손을 잡았다. 민진의 손은 조금 차가웠으나 점점 담희의 온기가 민진에게 옮겨 갔다.

3일간의 장례식이 끝난 후 집으로 돌아왔다.

아빠는 민진과 같은 표정을 자주 지었다. 멍하니 있다가 담희가 다가가 톡톡 치면 "응?" 하고 그제야 담희를 봤다. 정수기에서 물을 받다가 물이 넘치기도 했고 걷다가 벽에 부딪히기도 했다.

저녁을 먹는데 아빠는 숟가락을 든 채 또 가만히 있었다.

"오빠 괜찮아?"

민진이 결국 아빠에게 물었다. 아빠는 "모르겠어"라고 대답했다.

"그래도 네가 돌아온 걸 봐서 엄마가 편히 눈을 감았을 거야. 고맙다, 민진아. 돌아와줘서 고마워."

아빠의 말은 진심인 것 같았다. 말을 잃은 후 담희는 사람들의 말을 잘 듣게 되었다. 말투와 표정을 보면 그 사람의 마음이 느껴졌다.

"민진아. 개학하면 담희랑 같이 학교 다녀. 5학년으로 다닐 수 있대."

아빠의 말에 담희는 순간 너무 기뻐 활짝 미소를 지었다가 얼른 거두었다. 그럴 분위기가 아닌데……. 할머니가 떠난 지 며칠 지나지 않았다. 담희는 사람의 마음이 한없이 크다는 걸 깨닫고 있다. 슬프기만 해야 하는데 기쁘기도 했고, 걱정되기도 하고, 설레기도 한다. 이 모든 감정을 한 사람이 동시에 느낄 수 있다는 게 신기했다.

"그런데 민진아. 지금부터 너는 내 동생이 아니라 딸이 되어야 해. 내 호적에 새로 올릴 거야. 그렇지 않으면 사람들이 널 귀찮게 할 거야. 오빠가, 아니 내가 알아봤는데 아무래도 그게 나을 거 같아."

아빠가 뭐라고 더 설명을 했지만 복잡하기도 했고 담희 마음이 다른 데 가 있어서 잘 알아듣지 못했다. 다만 가슴이 두근거렸다. 민진과 담희는 자매가 되는 것이다.

아빠가 담희와 민진을 번갈아 보며 말했다.

"이제 딸이 두 명이 됐네. 내가 더 열심히 살아야겠어."

아빠의 표정이 조금씩 밝아졌다. 아빠는 슬프지만 기운을 내는 듯했다.

식사를 마친 후 담희는 민진과 방으로 들어왔다.

담희는 앞으로 민진을 어떻게 불러야 할지 고민했다. 지금처럼 민진, 하고 불러도 될까? 그렇지만 자매가 될 텐데. 학교에서 만난 쌍둥이들도 나이가 같기에 서로의 이름을 불렀다. 쌍둥이는 아니지만 같은 학년이니까 이름을 부르는 게 낫겠지?

담희가 수첩에 써서 물어보려고 하는데 민진은 또 울 것 같은 얼굴이다.

할머니 장례식 내내 민진은 울지 않았다. 하지만 장례식 마지막 날이었던 어제, 아빠와 민진의 사촌인 유선이 왔다. 어렸을 적 민진과 종종 어울려 놀곤 했던 동갑내기 친척 유선은 어느덧 담희의 아빠처럼 어른이 되어 있었다. 유선은 민진 맞느냐며 돌아와서 다행이라는 말을 몇 번이나 했다. 유선이 민진을 보고 싶었다며 안았는데 둘은 친구가 아니라 마치 고모와 조카 같았다.

유선이 가고 난 후 민진은 계속 윗니로 아랫입술을 꼭꼭 깨물며 무언가 참는 것 같았다. 그러다 결국 장례식장 안에 있는 작은 방으로 들어가 소리 내어 엉엉 울기 시작했다. 담희는 민진에게 다가가 조심스레 안아주었다. 민진이 다 자란 유선을 보고 속상해서 그런 듯했다. 민진은 한참을 울었고 울음이 도저히 그치지 않는지 담희에게 여러 번 미안하다고 말했었다.

오늘 민진은 고개를 숙인 채 오른손 손톱으로 왼손 검지 끝을 뜯고 있었다.
"나는 돌아오지 말았어야 해."
할머니가 돌아가신 충격이 너무 커서 그런가? 담희가 얼른 수첩에 연필로 휘갈겨 썼다.
'아니야! 모두가 네가 돌아와서 기뻐하는걸. 아빠도 그랬잖아. 네 덕에 할머니가 편하게 떠나셨다고.'
아무래도 민진이 오랜만에 학교 갈 생각을 하니 걱정이 되나 보다.
'내가 옆에서 잘 도와줄게. 걱정 마, 민진!'
담희는 일부러 느낌표를 크고 진하게 적었다. 그런데 이번에는 민진의 대답이 없었다. 민진의 표정을 읽으려고 해도 그럴 수 없었다.

담희는 색연필을 손에 든 채 가만히 스케치북

만 내려다보고 있었다. 오늘은 좋아하는 것을 그려보기로 했다. 담희는 사람을 그려도 되냐고 물었고 보경은 그래도 된다고 했다. 그런데 담희는 여느 날과 다르게 스케치조차 시작하지 못했다. 시작할 듯 말 듯 색연필을 종이 위까지 가까스로 갖다 대다가 떼면서 주춤거렸다.

보경은 책상 위를 콩콩 두드렸다.

"담희야."

담희가 고개를 들어 보경을 바라봤다.

"오늘은 못 그리겠어?"

보경은 담희의 할머니가 돌아가셨다는 소식을 전해 들었다. 아이와의 수업이 끝난 후 보호자와 면담을 하는데 담희의 아빠는 회사 일 때문에 센터에 직접 오지 못해 전화로 대신하고 있다. 담희의 아빠는 담희에게 일어난 연이은 이별을 걱정했다. 엄마에 이어 함께 살던 할머니와도 이별했을 테니 충격이 크겠지.

'잘 그리고 싶은데 그렇지 못할까 봐서요.'

"예쁘게 그리는 게 중요한 게 아니야. 네가 좋아하는 마음을 담아서 그리면 돼."

보경이 제 앞에 있는 스케치북에 먼저 그림을 그려 시범을 보였다.

"나는 딸기 케이크를 좋아해. 딸기가 많으면 더 맛있으니까 딸기를 많이 많이 그릴 거야."

보경이 그리는 동안 담희도 그림을 그리기 시작했다. 담희는 얼굴이 동그란 단발머리 아이를 그렸다. 또 자화상을 그린 건가 싶었는데 아니었다. 이번에는 담희와 같이 온 친척을 그린 거였다. 친척과 살게 된 이후로 담희는 수업에 더 적극적으로 참여했고 보경에게 이런저런 이야기도 많이 했다.

'슬픔을 없애려면 어떻게 해야 해요?'

갑작스러운 담희의 질문에 보경은 뭐라고 말을 해야 하나 고민했다. 마음에 스위치라는 게 있어서 스스로 끄고 켜면 얼마나 좋을까? 그렇다면 한없이 슬퍼지는 것만큼은 막을 수 있을 텐데.

'저는 민진이 슬프지 않았으면 좋겠어요.'

담희가 쓴 걸 보고 보경은 아아, 하고 작게 소리 내었다. 담희의 이야기가 아니었구나.

"슬픔을 없애기보다 다른 감정을 크게 만들어주면 슬픔이 작아지지 않을까?"

담희는 보경의 말을 알아들었는지 천천히 고개를 끄덕이고는 민진이 책가방을 메고 있는 모습을 그렸다. 곧 개학을 하면 담희는 민진과 학교에 갈 수 있다.

담희는 아빠에게 민진의 책가방을 자신이 선물해주고 싶다고 했다. 아빠가 돈이 어디 있느냐고 묻자 서랍에서 돈을 꺼내 보여줬다. 친척이나 아빠 친구를 만나면 용돈을 받는데 그걸 하나도 쓰지 않았다. 민진의 책가방만큼은 담희가 선물하고 싶었다. 민진은 책상에 걸려 있는 담희의 책가방을 보며 예쁘다고 했다. 작년 초, 4학년이 되면서 엄마가 사준 거였다. 저학년 책가방과 고학년 책가방은 다르다. 고학년 가방은 각이 지지 않고 더 크다. 민진 것도 담희 것과 비슷한 모양으로 사면 되겠지? 무슨 색이 좋으려나. 어제 민진에게 물었지만 민진은 대답하지 않았다. 민진은 담희처럼 노란색을 좋아하지만 노란색 가방은 때가 탄다. 그러니 노란색 가방을 사기는 이

렵겠지만 그림은 괜찮겠지. 담희는 그림 속 책가방을 노란색으로 칠했다.

상담이 끝난 후 담희는 얼른 문을 열고 나왔다. 오늘 수업이 끝나면 민진과 쇼핑몰에 가기로 했다. 아빠가 주말에 같이 가준다고 했지만 담희는 민진과 둘이 다녀오겠다고 했다.

돈이 든 가방은 민진에게 맡겨두었다. 5학년이 되자 친구들끼리 옷을 사러 가는 아이들이 생겼다. 담희는 내심 부러웠지만 그럴 만한 친구가 없기에 잠자코 아빠가 사주는 옷을 입었다. 하지만 이제는 민진과 함께할 수 있다.

그런데 대기실에 민진이 보이지 않았다. 화장실이라도 간 걸까? 담희는 의자에 앉아 기다리다가 민진이 하도 오지 않아 화장실로 갔다. 화장실은 비어 있었다. 어디에 있는 거지? 민진은 아직 휴대폰이 없다.

담희는 접수대 선생님에게 민진을 보지 못했느냐고 물었다.

"아, 그 애는 일이 있다고 먼저 갔어. 너한테 전해주래. 네 거 맞지?"

담희가 고개를 끄덕였고 선생님이 담희의 가방을 건네주었다. 가방을 열어보니 못 보던 편지 봉투가 있었다.

담희는 봉투를 꺼내 열었다.

―담희야, 너를 만나서 좋았어. 나를 찾지 마. 나는 영원히 돌아오지 않을 거야.

편지를 든 담희의 손이 부들부들 떨렸다. 민진이 사라졌다.

## 4. 약속

### 1

 그 아이는 찾았을까.

 퇴근 후 집으로 돌아온 보경은 현관에 그대로 선 채 담희를 떠올렸다. 아까 수업을 하고 있는데 바깥에서 울음소리가 들렸다. 무슨 일인가 하고 나가보니 담희가 대기실에서 울고 있었다. 담희는 수첩에 '민진이 사라졌어요'라고 적어 보여줬다. 담희의 아빠가 왔고 경찰도 왔다. 경찰은 보경에게도 여러 가지를 물었다. 민진을 봤는지, 주변에 다른 사람은 없었는지. 그런데 경찰이 이상한 말을 했다.

"30년 전에도 그러더니만 또 사라졌네."

보경이 무슨 말이냐고 했지만 그런 게 있다고만 대꾸했다. 경찰은 담희의 아빠와 함께 센터 CCTV를 확인하러 갔다.

저녁을 먹기 위해 냉장고 문을 열었다가 그대로 닫았다. 밥 생각이 없다. 보경은 사라진 담희의 친척 아이가 신경 쓰였다. 담희는 민진 이야기를 많이 했다. 민진도 기억을 잃었다고 했다.

'선생님, 저는 말을 잃었고요. 민진은 기억을 잃었어요.'

보경은 어린 시절이 떠올랐다.

30년 전 산 밑에서 발견된 보경 역시 아무것도 기억하지 못했다. 산속을 헤맸다는 것과 날이 추웠다는 게 보경이 기억하는 전부다. 이름도, 나이도, 주소도 아무것도 기억하지 못하는 보경은 신체 발달 검사 결과 열 살쯤 되었을 거라 추정되었고 열 살이 되었다. 이름도 새로 얻어 보육원 원장님의 성을 따 '한보경'이 되었다. 그렇게 한보경으로 30년을 살았다.

보경은 자신의 과거가 끊임없이 궁금했다. 나

는 누구였고 내 부모님은 누구였을까. 왜 나를 찾으러 오는 이가 아무도 없는 거지. 왜 아무것도 기억나지 않는 걸까. 어떤 이들은 기억이 없다는 보경의 말이 거짓이라고 여기기도 했다. 열 살이면 충분히 자기 이름과 사는 곳 정도는 알아야 한다며 말이다. 하지만 보경은 정말이지 기억나는 게 없었다.

보경이 아동심리미술을 전공한 것도 자신의 과거를 알 수 있지 않을까 하는 일말의 기대 때문이었다. 서재로 간 보경은 책장에 꽂힌 스케치북 하나를 꺼냈다. 스케치북을 펼쳐 자신이 그린 그림을 한 장씩 넘겼다. 연필로 스케치한 것들이 가득이다. 보경은 종종 꿈을 꾸었고 일어나자마자 꿈속에서 본 장면을 그렸다. 깨어난 직후에는 꿈이 선명하게 기억났다. 꿈속에는 자줏빛 나뭇잎으로 된 숲이 나왔다. 꿈에서 본 것들을 보경은 그리고 또 그렸다. 가끔은 깨어 있을 때 그림을 그린 적도 있다. 일상생활을 하던 중에 어떤 장면이 떠오르면 전단 뒷면이나 휴지에다가도 그림을 그렸다.

이건 언제 그린 거더라? 이면지에 볼펜으로 그린 건데 사탕을 먹고 있는 두 아이가 있다. 한 명은 목에 초크 목걸이를 걸고 있다. 어? 담희의 친척 아이도 이 검은색 목걸이를 걸고 있었는데.

보경은 경찰에게 받았던 명함을 꺼냈다. 경찰은 센터에서 아이를 발견하게 되면 연락을 달라며 이걸 주고 갔다.

몇 번 통화 연결음이 간 후 상대가 전화를 받았다. 보경은 아까 센터에서 명함을 받았던 선생님이라고 자신을 소개했다.

"혹시 사라진 아이를 찾았을까요?"

"아뇨."

"CCTV에서 못 찾으셨어요?"

"애가 혼자 택시를 타고 갔더라고요. 택시 기사가 상백산 입구에 내려줬다는데 혼자 거길 왜 간 건지."

경찰은 아까처럼 들으라고 하는 말인지 혼잣말인지 모를 말을 중얼거렸는데 한 단어가 보경의 귀에 꽂혔다.

상백산은 30년 전 보경이 발견되었던 곳이나.

왜 아이는 그곳으로 갔지? 보경도 대학생 때 혹시 잃어버린 기억을 찾을 수 있을까 싶어 상백산에 가본 적이 있다. 역시나 기억나는 건 없었다.

스케치북을 다시 넘겼다. 이 숲은 혹시 상백산일까? 한참 그림들을 보고 있으니 갑자기 어떤 할머니와 은발 소녀의 모습이 어렴풋이 떠올랐다. 그러나 더 이상은 생각나지 않았다.

만약 상백산에 간다면 무언가를 알 수 있지 않을까? 보경은 다시 옷을 챙겨 입고 서둘러 바깥으로 나왔다.

보경이 택시에 오르자 기사가 고개를 돌려 물었다.

"정말 거기까지 가시는 거예요?"

기사는 이 저녁에 거길 왜 가느냐고 물었지만 보경은 아무 대답도 하지 않았다.

40분가량 지나 산 입구에 도착했다.

"여기 무슨 일 있나 보네?"

입구에는 경찰차가 여러 대 와 있었다. 민진을 찾는 수사 중인 것 같았다.

"밤길 어두우니까 조심하세요."

택시에서 내린 보경은 경찰차가 없는 쪽을 찾아 산에 오르기 시작했다.

상백산은 하얀 자작나무가 많아 붙여진 이름이라고 했다. 상백산에 자줏빛 나뭇잎을 가진 나무는 보이지 않는다. 이 산과 보경의 그림은 아무 상관 없어 보인다. 그런데 왜 보경은 이 산에서 발견된 걸까. 산을 헤맨 아이치고 옷을 너무 깨끗하게 입고 있었다는 이야기를 들었다. 경찰에서도 보육원에서도 보경을 의심했다. 자신을 버린 부모를 보호하기 위해 기억을 못 하는 척하는 것 아니냐면서. 하지만 보경은 아무것도 기억나지 않았다.

보경은 주저앉아 무릎을 안았다.

"제발 나를 데려가주세요."

목소리가 들렸다. 보경은 고개를 들었다. 그 말이 보경의 머릿속에 웅웅거렸다.

나를 데려가달라고 사정했더랬지, 바로 내가.

그제야 보경은 자신의 옛 이름이 '영랑'이었다는 걸 기억해냈다.

그때 영랑은 차라리 이대로 죽어버렸으면 좋겠다고 여러 번 생각했다. 처음 그 사람은 술을 마셨을 때만 영랑과 어머니를 때렸지만 언젠가부터 술 냄새가 나지 않는데도 그랬다. 멍 자국이 사라질 때쯤 다시 폭행이 이어졌고, 영랑과 어머니 몸에는 새파랗고 빨갛고 노란 멍 자국이 늘 있었다. 할머니조차 그 사람을 말리지 못했다. 말리면 할머니도 서슴지 않고 팼으니까. 어느 날 엄마는 영랑을 껴안은 채 한동안 울었다. 할머니 말 잘 들어야 한다며, 미안하다고 했다. 다음 날 영랑이 일어났을 때 어머니는 집을 나간 뒤였다.

매질이 시작되면 영랑은 꾹 참았다. 마음속으로 애국가를 1절부터 4절을 다 부를 때까지만 견디면 됐다. 어느 시점부터 애국가를 두 번 반복해도 끝나지 않았다. 이러다가 죽어버리는 게 아닌가, 아니 어쩌면 죽는 게 나을지도 모르겠다고 생각했다. 맞다가 정신을 잃은 적이 벌써 몇 번이었다. 할머니가 이러다 애 진짜 잡겠다며 말렸지만 소용없었다.

그날은 그 사람이 늦게 오는 날이었다. 할머니가 차려준 저녁을 먹고 숙제를 하고 있는데 멀리서 그 사람이 소리치는 게 들렸다. 영랑은 심장이 쿵쾅댔다. 할머니는 "어쩌나" "어쩌나" 하고 중얼거렸다. 그 사람이 문을 열고 들어왔고 영랑은 고개를 꾸벅 숙여 다녀오셨느냐고 인사를 했다. 그 사람은 도망간 영랑의 어머니를 들먹였다. 둘의 표정이 똑같다며 영랑의 배를 발로 걷어찼다. 영랑은 바닥으로 나동그라졌다. 순간 숨이 쉬어지지 않았다.

그 사람이 한쪽 입꼬리만 들어 올린 채 웃으며 영랑에게 다가왔다. 더 이상 인간의 눈이, 얼굴이 아니었다. 영랑은 어쩌면 오늘이 바라던 그날일지 모른다는 예감이 들었다. 정말로 오늘 그 사람 손에 죽을 것 같았다. 그랬는데 대체 무슨 생각에서였을까. 영랑은 그 사람을 피해 문을 열고 도망쳤다. 달리고 또 달려 산속으로 갔다. 그 사람이 소리를 지르며 쫓아왔고, 영랑은 잡히지 않기 위해 더 멀리 달렸다. 그 사람도 포기하지 않고 영랑을 쫓아왔다. 영랑은 숨이 찼고 더 이상 달릴 힘이 없었다. 안아도 반도 못 안을 만큼 커다란 나무가 있어서 영랑은 그 나무 뒤로 숨었다.

"얼른 나와. 내 손에 잡히면 가만 안 둬."

바스락바스락 그 사람이 다가오는 발자국 소리가 들렸다. 나무 아래에 동그란 구멍이 보였다. 영랑의 몸이 전부 들어갈 만큼은 크지 않지만 그곳에라도 들어가야 할 것 같았다. 구멍에 손과 머리를 넣었는데 쑥 하고 몸이 구멍 안으로 빨려 들어갔다. 아래로 아래로 몸이 계속 내려갔고 정신을 차려보니 숲이었다.

숲을 헤매는데 한 할머니를 만났다. 할머니는 이상한 보라색 원피스를 입고 있었다. 할머니에게 여기가 어디냐고 물었다. 할머니는 밤 숲이라고 알려주었다.

"너, 도망을 쳤구나."

영랑은 그렇다고 고개를 끄덕였다.

"네가 온 곳으로 다시 돌아가렴. 지금 돌아가지 않으면 10년 동안 문이 닫혀 못 돌아가게 될 거란다."

영랑은 할머니의 말을 이해할 수 없었지만 무작정 할머니의 옷깃을 붙잡았다.

"그런 건 상관없어요. 제발 저를 이곳에 있게 해주세요."

영랑은 돌아가면 기다리고 있는 것들을 떠올리며 다시 한번 세게 할머니 옷자락을 잡았다.

"제발요. 저는 갈 곳이 없어요. 제발 저를 데려가주세요."

할머니는 영랑의 눈을 들여다보며 말했다.

"그래, 너를 데려가마. 단, 조건이 있다. 만약 네가 돌아가고 싶으면 너 대신 다른 아이를 데려와야 해. 약속할 수 있니?"

영랑은 약속하겠다고 대답했다. 그렇게 할머니 세작과의 생활이 시작되었다.

'마인계'는 영랑이 살던 곳과 전혀 다른 세계였다. 마인들은 마력을 쓸 줄 알았다. 마인의 머리카락은 은발이기에 세작은 마력으로 영랑의 머리카락을 은발로 만들어줬다. 세작은 누구에게도 무마인이라는 걸 들키면 안 된다고 단단히 주의를 주었다. 마인계에서는 영랑이 사는 곳을

'무마인계'라고 불렀다. 10년에 한 번, 한 달간 마인계와 무마인계 사이에 문이 열렸다. 영랑이 마인계로 왔던 때가 바로 그 시기였다.

무마인이 마인계로 오면 나이가 들지 않았다. 세작은 영랑과 함께 지내며 무마인인 영랑의 기운을 이용해 밤 숲 전체에 노화를 멈추는 마법을 걸어뒀다. 그래서 세작은 영랑과 지냈던 20년 동안 조금도 늙지 않았다. 마인계에서의 시간은 아주 잘 흘렀다. 마인계는 아무 고민도 탈도 없는 곳이었고 세작의 보호 아래 영랑은 안전했다. 영랑은 세작이 시키는 대로 밤 숲 안에서만 지냈다. 한때 진설이라는 마인계 친구를 사귀기도 했다.

세작의 집은 늘 어두웠다. 눈이 나쁜 세작은 밤에는 불을 켜지 않았다. 영랑도 그 어둠이 싫지 않았다.

간혹 세작은 무마인계의 소식을 들려줬다. 영랑이 마인계로 와서 10년이 지났을 무렵 마인계와 무마인계를 연결하는 문이 열렸다. 세작은 돌아가겠느냐고 물었지만 영랑은 머물겠다고 했다. 그 사람이 아직 저 세계에서 존재했으니까. 시간이 흘러 세작은 그 사람이 병들었다고 전해주었으며 마침내 그 사람이 죽었다고 했다. 그 이야기를 듣자 영랑은 그만 돌아가고 싶어졌다. 영랑이 온 후 곧 두 번째 문이 열릴 시기가 가까워지고 있었다.

"이제 가야겠어요."

세작은 그러라고 하면서 넌지시 약속에 대해 언급했다.

"너 대신 다른 아이를 데려와야 한다는 약속은 잊지 않았지?"

세작은 널 대신할 아이를 찾으라며 영랑을 무마인계로 보내줬다. 영랑에게는 한 달의 시간이 주어졌다. 세작으로부터 도망칠 방도는 없었다. 영랑 목에는 세작이 걸어준 초크 목걸이가 있었기 때문이다. 세작이 그 목걸이를 조이면 영랑은 사라지고 만다.

한번은 영랑이 밤 숲에서 도망친 적이 있었다. 그때 목걸이가 조여져 숨을 못 쉬는 상태가 되었고 간신히 세작에게 돌아왔다. 그제야 세자은 목을 조르는 걸 풀어주었다.

　세작이 난로 위 선반 쪽을 가리키며 말했다.

　"새 아이를 데려오지 않으면 너도 저렇게 된단다."

　선반 위를 보던 영랑은 얼른 고개를 돌렸다. 살아 있는 것마냥 움직이는 것만 같은 유리 인형의 눈알로부터.

　며칠이 지나도록 영랑은 두 세계를 오가기만 할 뿐 누구도 만나지 못했다. 마음이 조급해졌다. 이러다가 그 아이들처럼 되겠구나. 밤 숲에서 세작과 아무 일 없이 반복되는 나날을 보내거나 유리 인형이 되는 게 크게 다르지 않을지도 몰라. 그 사람에게 맞기 시작했을 때도 그랬듯 결국 영랑은 체념했다. 그때 세작은 유리구슬을 통해 한 아이를 보여주었다.

　영랑은 세작이 시키는 대로 상백산 근처에 있는 병원으로 갔다. 거기에는 세작이 말한 아이가 있었다. 민진은 살날이 얼마 남지 않은 아이였다. 세작은 민진이 마인계로 오면 병이 나을 수 있다고 했다. 세작의 마력으로 가능한 일이라고.

영랑은 여러 번 세작에게 그걸 확인했고 세작은 마인은 반드시 약속을 지킨다며 걱정하지 말라고 했다.

며칠 병원을 다니며 민진과 친해진 영랑이 물었다.

"네가 살 수 있는 곳이 있어. 거기에 가면 너는 아프지 않아. 그곳으로 갈래?"

영랑은 민진의 손을 잡고 마인계로 왔다. 약속대로 세작은 초크 목걸이를 벗겨주었다. 영랑의 목에 걸려 있던 목걸이는 민진의 목으로 옮겨 갔다. 민진에게 미안했지만 이 방법밖에 없었다. 세작의 말처럼 민진은 원래 있던 곳에 있으면 곧 죽게 될 거다. 나와 민진 모두를 위한 거야. 영랑은 스스로를 도닥였다.

떠나기 전 세작이 물었다.

"이곳의 기억을 갖고 살 테냐?"

영랑은 잠시 고민하다 싫다고 했다. 밤 숲을 잊으려던 건 아니다. 밤 숲을 기억하면 그 사람도 기억해야 하는데 영랑은 새롭게 시작하고 싶었다. 세작이 마력으로 기억을 없애기 전 민진이 잘 가라며 영랑에게 인사했다. 영랑은 일부러 민진을 보지 않았다. 민진의 얼굴을 보면 마음이 흔들릴 것 같았다. 끝내 민진에게 해야 할 말을 하지 못했다.

그렇게 이곳으로 돌아온 후 영랑은 보경이 되었다. 자신의 과거와 마주한 보경은 손으로 가슴을 쥐어뜯었다. 다름 아닌 보경이 민진을 그곳으로 데려간 것이었다.

민진은 어떻게 돌아온 걸까? 센터에서 만난 민진은 초크 목걸이를 한 채였다. 마인계와 무마인계 문은 10년에 한 번 열린다. 자신이 그랬듯 민진은 담희를 데리러 온 것일까? 그런데 왜 혼자 돌아간 거지?

"너도 저렇게 될 거다."

유리 인형으로 만들어버리겠다던 세작의 경고가 떠올랐고 보경은 깨달았다. 민진이 보경과 다른 선택을 했다는 것을.

민진은 담희를 데려가는 대신 영원한 멈춤을 택했다.

김혜정 • 돌아온 아이들

## 2

오늘도 오지 않은 걸까.

밤 숲을 둘러보던 모모가 발길을 돌리려고 하는데 저 멀리 검은 머리카락의 아이가 보였다. 반가운 마음에 모모는 바구니를 든 채 그 아이에게로 달려갔다.

'만나서 반가워.' '너를 기다렸어.'

어떤 인사말을 먼저 하면 좋을까? 모모는 달리면서 미리 연습했던 말을 머릿속으로 다시 한번 되뇌었다.

아이 앞에 도착한 모모는 숨이 차는 바람에 헉헉대면서 말을 했다.

"민진, 왜, 네가, 왔어? 새 친구가, 온다고, 했잖아."

모모 앞에 서 있는 건 검은 머리카락의 민진이었다. 검은 머리카락을 한 민진은 처음 봤지만 민진이라는 것을 금방 알 수 있었다.

민진은 어색하게 웃으며 대답했다.

"그렇게 됐어. 새 친구는 오지 않아."

모모는 민진을 와락 안아버렸다. 민진은 당황했지만 모모를 그대로 두었다.

"나는 사실 새 친구보다 네가 훨씬 좋아. 네가 가야 한다고 해서, 네가 새 친구에게 잘해줘야 한다고 해서 알았다고 했던 거야."

모모는 찔끔 눈물이 나왔다. 그래서 조금 더 민진을 안고 있어야 했다. 민진에게 눈물을 보이고 싶지 않았으니까.

지난번에 민진에게 할머니 진설을 소개한 이후, 민진은 모모에게 비밀이 있다며 털어놓았다. 자기는 마인계 사람이 아니기에 떠나야 한다고, 자기 대신 새 친구가 오면 잘 대해달라고 부탁했다. 어디로 가느냐고 묻자 민진은 "집"이라고 대답했다. 집으로 간다는 민진을 모모는 도저히 가지 말라며 잡을 수 없었다.

"그럼 이제 여기 계속 있는 거지? 떠나지 않는 거지?"

모모의 물음에 이번에는 민진이 대답 대신 미소를 지었다.

"이거 입어. 다른 사람들이 보면 안 되잖아."

모모는 후드가 달린 제 옷을 벗어서 민진에게 건넸다. 민진은 그제야 자신의 검은색 머리카락을 만졌다.

　민진은 모모의 옷을 입은 채 세작의 집으로 돌아왔다.

　문고리를 두드렸지만 안에서 아무 기척도 들리지 않았다. 민진은 문을 열고 집 안으로 들어갔다. 거실에는 세작이 안락의자에 앉아 꾸벅꾸벅 졸고 있었다. 민진이 들어온 소리를 들었는지 세작이 잠에서 깼다. 세작이 고개를 돌려 민진을 바라봤다. 그사이 세작의 얼굴에는 주름이 늘어난 것 같았다. 이미 주름으로 가득해 더 이상 주름이 생길 곳이 없을 줄 알았는데 주름의 굴곡이 깊어져 있었다. 민진이 없는 동안에 생겨난 변화였다. 민진은 아주 조금 기대했었다. 자신이 마인계를 비운 사이 세작의 시간이 마지막까지 다다르기를. 하지만 세작은 주름만 살짝 늘었을 뿐이다.

　"아이야, 네가 돌아왔구나."

　세작이 웃자 희미하게 가래 끓는 소리가 났다.

"차를 좀 끓여 오렴."

민진은 시키는 대로 각인초를 우린 차를 세작에게 가져다주었다. 세작의 차를 끓이는 건 민진이 맡아 했다. 세작은 정신이 맑아지고 에너지가 생긴다며 이 차를 물처럼 마셨다. 얼빠지게 굴었다가 아궁이에 밀어 넣어진 선대처럼 아이들에게 당할지도 모른다면서.

담희의 존재를 알려준 건 세작이었다. 오빠 진영의 아내와 딸 담희가 사고가 났다며, 아내는 즉사했지만 조카 담희는 살릴 방법이 있다고 했다. 민진이 담희를 대신 데려오면 살려주겠다고. 민진은 그 제안을 곧바로 거절했다. 마인계로 온 선택을 후회하지만은 않는다. 이곳에 오지 않았다면 민진의 병은 낫지 않았을 테니까. 그렇기에 자신을 데려온 친구를 원망하지 않는다.

하지만 종종 민진은 자신의 선택이 과연 옳았던 건지 고민했다. 세작은 이곳이 아무런 고민이 없고 문제가 없는 곳이라고 했다. 매일 똑같은 이곳에서 민진은 별다른 일 없이 지냈다. 가끔 세작은 민진이 마인계 친구를 사귀는 걸 못

본 척해주기도 했다. 그러나 그 시간은 길지 않았다. 마인계 아이들은 자라났고 아이의 모습을 그대로 간직한 민진을 숨기기 위해 세작은 민진과 친구들을 떼어냈다.

"너는 원래 살던 곳이 그립지 않나 보구나?"

아니요, 저는 집으로 돌아가고 싶어요. 민진은 마음속으로 몇 번이나 이 말을 크게 했다. 그렇지만 담희를 자기 대신 데려올 수는 없었다. 담희가 이곳에 오면 자신처럼 지내야 한다. 이미 두 번의 문이 열렸지만 민진은 자기 대신 새 아이를 데리러 가겠다고 응한 적이 없다.

"그럼 저 아이가 저대로 죽게 내버려둘 거냐? 저 아이를 살려야 하지 않겠니?"

다른 선택의 여지가 없었다. 민진은 세작과 약속했다. 담희를 살려주는 대신 마인계와 무마인계 통로가 열리면 그때 담희를 반드시 데려오겠다고. 만약 민진을 무마인계로 보내줬을 때 담희를 데려오지 못하면 대가를 치르겠다고 했다.

민진은 담희가 좋았다. 예전에 오빠 진영과는 통하는 게 손에 꼽을 정도였지만 담희와는 비슷한 점이 많았다. 자기와 얼굴이 닮은 담희를 보고 있으면 거울을 보는 느낌마저 들었다. 담희가 미소를 지으면 민진도 기분이 좋았고 담희가 슬픈 표정을 지으면 괜히 민진도 슬퍼졌다. 담희도 민진의 마음을 같이 느끼는 듯했다. 담희는 알 수 없는 어려운 표정을 짓고는 했는데 바로 민진의 얼굴을 그대로 따라 하는 거였다. 담희가 함께 학교에 다니자며 들떠 있을 때 민진은 마냥 좋아할 수 없었다. 민진과 담희는 더 이상 함께할 수 없으니까.

엄마의 장례식장에 동갑내기 사촌 유선이 왔다. 유선은 오빠처럼 나이가 들어 있었다. 만약 민진이 이곳에 오지 않았다면 유선처럼 어른이 되었겠지. 담희는 민진에게 언젠가 유선 같은 어른이 될 수 있다며 속상해하지 말라고 위로했다. 그때 민진은 엉엉 울음을 터트리고 말았다. 스스로를 위한 눈물이 아니었다. 담희가 이곳으로 오게 되면, 담희 역시 민진처럼 시간을 잃어버려야 한다. 담희를 자신처럼 만들 수는 없었다. 그렇기에 민진은 홀로 돌아왔다.

"약속은 잊지 않았지?"

민진은 찬찬히 고개를 끄덕였다. 민진은 선반 위에 놓인 유리 인형을 바라봤다.

보라색 원피스를 입은 사람 모양의 인형 여섯 개가 주르르 놓여 있다. 민진이 처음 이곳에 왔을 때 세작에게 저 인형이 무엇이냐고 물었다. 세작은 "사람이란다"라고 이야기했지만 민진은 농담이라 여겼다. 인형들은 사람의 표정을 하고 있었다. 세작은 농담 같은 건 하지 않는다. 세작과의 약속을 지키지 못한 아이들이 유리 인형이 되었던 거였고 민진도 곧 그렇게 될 터였다.

세작이 일어나 천천히 민진에게 다가왔다. 민진의 머리카락을 쓰다듬으며 주문을 외우자 민진의 검은색 머리카락은 보랏빛이 감도는 은색으로 변했다. 그다음 세작은 양손을 민진의 목 가까이 갖다 댄 후 조이는 시늉을 했다. 그러자 민진 목에 있는 초크가 더욱 단단하게 살에 달라붙었다. 민진에게는 이 초크가 그 어떤 밧줄보다 두껍게 느껴졌다.

세작이 끅끅대며 웃었다. 이곳에 더 이상 머

무르기 싫으면 새 아이를 데려오면 된다. 세작은 두 세계의 문이 열릴 때마다 아이가 자신을 대신할 새 아이를 찾으러 가길 유도했다. 아이가 자신의 선택이 과연 맞을지 고민하고 그 선택이 낳은 죄책감에 시달리는 모습을 지켜보는 걸 좋아했고, 성공하지 못한 아이를 유리 인형으로 만드는 걸 즐겼다. 세작으로서 새 아이를 대신 데려오지 못해도 손해 볼 건 없었다. 이곳으로 오고 싶어 하는 아이를 만나는 건 어렵지 않으니까.

"그럼 재료를 준비해야겠어."

세작은 민진을 일곱 번째 유리 인형으로 만들 계획이다.

결국 민진은 담희를 데려오지 않았다.

3

이틀이 지났지만 민진을 찾지 못했다. 아빠는 회사도 쉰 채 민진이 마지막으로 발견된 상백산에 가서 경찰과 함께 민진을 찾고 있지만 아무 흔적도 발견되지 않았다.

어제 밤늦게 집으로 돌아온 아빠는 거실 소파에 앉아 혼잣말처럼 중얼거렸다.

"어쩌면 민진은 유령이었을지도 몰라. 엄마 보내드리기 위해서 잠깐 왔었나봐."

담희는 아빠에게 민진은 진짜라며 분명히 존재한다고 말하고 싶었지만 이런 순간에도 목소리가 나오지 않았다. 담희는 하고 싶은 말을 제대로 할 수 없는 자신도, 민진이 연기처럼 사라진 것도 모두 답답했다.

방으로 들어온 담희는 민진이 쓰던 물건을 하나씩 찾았다. 민진이 입었던 옷과 민진이 쓴 편지, 그리고 민진의 그림. 민진은 꿈에서 본 거라며 자줏빛 잎의 숲을 그렸다.

담희는 민진의 그림을 가만히 들여다봤다. 유령이 과연 이렇게 그림을 그릴 수 있을까. 담희가 만났던 엄마와 민진은 달랐다. 담희는 똑똑히 기억한다. 작고 따뜻했던 민진의 손을, 조금은 딱딱했던 민진의 어깨와 등을. 그게 상상일 리가 없잖아.

민진의 그림 속에는 작게 사람이 있는데 머리

카락이 모두 은발이다. 이들이 있는 곳은 자줏빛 숲, 그 뒤로 보이는 나무와 돌로 지은 집. 보경 선생님이 그린 그림과 아주 비슷하다. 같은 곳을 그렸다고 해도 이상할 게 없다. 어떻게 둘이 꿈에서 본 게 비슷할 수가 있는 거지? 만약 이곳이 꿈에서 본 게 아니라면? 민진이 이곳에서 온 거였다면? 민진은 다시 그곳에 간 게 아닐까? 보경 선생님은 무언가 알고 있을지 모른다는 확신이 들었다.

다음 날 아침 일찍 담희는 센터를 찾아갔다. 센터 문은 닫혀 있었고 그 앞에서 보경이 출근하기를 기다렸다.

센터가 문을 여는 시간이 되자 보경이 왔다. 담희는 미리 수첩에 적어 온 걸 꺼내어 보경에게 내밀었다.

'선생님, 물어보고 싶은 게 있어요. 선생님 그림 속에 나오는 자줏빛 숲이 어디에 있는 거예요? 상백산에 있는 게 맞아요?'

담희는 보경의 오른쪽 눈썹이 꿈틀거리는 걸

봤다. 곧바로 수첩 다음 장을 넘겼다. 보경을 만나면 물어보고 싶은 것을 미리 수첩에 다 적어왔다.

'민진이 자줏빛 숲으로 간 게 분명해요.'

'제발 이 숲이 어디 있는지 알려주세요.'

'민진을 찾아야 해요.'

담희는 가방에서 민진의 그림도 꺼냈다.

'민진이 그린 거예요. 그런데 선생님 그림이랑 너무 비슷했어요.'

그림을 본 보경이 탄식하듯 작게 아아, 하고 소리를 내었고 담희는 그걸 놓치지 않았다. 담희는 보경의 팔을 잡고 흔들었다.

"잠깐만. 담희야. 그게."

보경은 담희에게 센터로 들어가자고 했다.

보경은 오늘 오전 수업이 없었기에 담희와 함께 빈 교실로 들어왔다. 담희가 목이 말라 보여 냉장고에서 주스를 꺼내 마시라고 주었다. 하지만 담희는 주스에 손을 대지 않았다.

"아직 민진을 찾지 못한 거지?"

담희가 그렇다고 고개를 끄덕였다.

"아까 그 그림 좀 다시 보여줄래?"

담희가 민진의 그림을 꺼내 보경에게 건넸다. 보경은 벽에 걸려 있는 액자를 떼어낸 후 가져와 민진 그림 옆에 나란히 두었다. 자줏빛 나뭇잎이 그득한 숲과 은발을 한 아이 둘.

'여기가 어디냐고 물어보니까 꿈에서 본 거래요. 선생님, 여기가 어딘지 아시죠?'

"밤 숲."

담희는 준비해 온 질문이 아니기에 빈 공간에 새로운 질문을 썼다.

'밤 숲이 어디예요?'

어떻게 설명해야 하나 보경이 망설이고 있는데 담희가 수첩에 무언가를 적어 내려갔다.

'민진은 사라졌던 시간에 대해 이야기한 적 없어요. 그런데 병원에서 지내던 이야기는 한 적 있어요. 거기 친구가 있었대요.'

"혹시 이름이 영랑이었어?"

담희는 고개를 세차게 여러 번 끄덕인 후 맞다고 수첩에 적었다.

보경은 주먹을 꽉 쥐었다. 그동안 민진은 자신

을 얼마나 원망했을까. 그때는 더 이상 밤 숲에 머무르고 싶지 않았다. 별일 없이 지내던 밤 숲에서의 일상이 지긋지긋해졌고 세작을 보기만 해도 구역질이 날 것 같았으니. 보경은 자신만을 위한 일이 아니라고 되뇌고 또 되뇌었다. 민진도 그곳에서는 병이 나을 테니까 민진을 위한 일이라고 여겼다. 하지만 정말 그랬을까.

"내가 영랑이야. 민진이 말한 아이가 나야."

'선생님 이름은 한보경이잖아요.'

담희는 이해가 가지 않는다는 표정을 지었다.

"내 예전 이름이 영랑이었어. 나, 민진이 어디로 갔는지 알아."

'선생님이 어떻게 아세요?'

보경은 잠깐 망설였지만 이내 털어놨다.

"내가 그곳으로 민진을 데리고 갔거든."

보경은 자신이 기억하는 모든 것을 담희에게 이야기하기 시작했다. 말을 하면서도 담희가 어디까지 믿어줄지 몰랐지만 담희에게만은 사실을 알려주어야 했다.

이야기를 듣는 담희는 놀랐다가 슬퍼지기도

했고, 슬펐다가 걱정되기도 했다. 홀로 돌아갔을 민진을 생각하니 마음이 아렸다.

'민진을 찾아야 해요. 그래야만 해요. 어떻게 그곳으로 갈 수 있는지 알려주세요. 제발요.'

보경은 잠시 생각했다. 민진이 이틀 전에 돌아간 거라면 마인계로 가는 통로인 나무 구멍은 아직 열려 있을 수도 있었다.

"민진이 언제 돌아왔는지 기억나?"

담희는 수첩에 날짜를 적었다. 아직 한 달이 되지 않았다. 보경의 기억으로 마인계 통로는 여름 첫 보름달이 뜬 후 다음 보름달이 뜰 때까지 열려 있다.

보경이 왼손으로 탁자 위에 놓여 있는 담희의 손을 살포시 잡았다. 보경은 말 대신 담희의 수첩 아래 적었다.

'나도 같이 갈게.'


준비를 마친 뒤 상백산에 도착한 보경은 담희를 데리고 산을 올랐다. 며칠 전에 와봤기에 낯설지 않았다.

둘은 산속으로, 산속으로 더 깊이 들어갔다. 사람들이 다니는 등산로가 아니라 나무와 안개가 섞인 숲길을 걸었다.

외떨어진 곳에 나무 한 그루가 덩그러니 있었다. 바로 저 나무다. 자작나무 사이에 유일하게 키는 작지만 둘레가 넓은 진한 갈색 나무.

보경과 담희는 나무를 향해 성큼성큼 다가갔다. 나무 아래쪽에 두 뼘쯤 되는 지름의 구멍이 있었다.

"여기가 통로야."

보경은 담희에게 알려주고는 자기 손을 꽉 잡으라고 단단히 주의를 주었다. 몸을 숙인 후 제 왼손을 구멍으로 밀어 넣었다. 그러자 손부터 팔, 머리, 어깨, 배, 다리까지 그 구멍으로 쑤욱 빨려 들어갔다.

## 5. 아미에게

1

눈이 부셔 담희는 눈을 꼭 감고 있어야만 했다. 발아래로 아무것도 느껴지지 않았는데 어디론가 떨어진다기보다는 날아가고 있는 것 같았다. 공기가 담희의 몸을 밀어주었다. 눈을 떠볼까도 했지만 바람이 얼굴에 부딪혀 저절로 눈이 감겼다. 대신 담희는 보경의 손을 세게 잡았다.

팔과 등, 엉덩이가 어딘가에 부딪히는 느낌이 들었고 그제야 담희는 눈을 떴다.

자줏빛 잎이 반짝이는 풍경이 그림에서 본 것과 아주 비슷했다.

"돌아, 왔어."

먼저 바닥에서 일어난 보경이 주변을 둘러보며 말했다. 한때 보경이 머물렀던 밤 숲은 변함없이 그대로였다.

보경은 미리 챙겨 입고 온 후드 원피스에 달린 모자를 눈썹 밑까지 푹 눌러쓴 후 담희에게도 모자를 제대로 씌워주었다. 마인계와 무마인계 사람을 구분하는 가장 큰 기준은 머리카락 색깔이다. 마인계는 다른 세계와의 접촉을 막고 있다. 그래서 보경이 이곳에서 지낼 때 세작은 보경의 머리카락 색깔을 은빛으로 바꾸는 마법을 걸어주었던 것이다.

"가자."

밤 숲 중앙에 세작의 집이 있었다. 민진을 찾으려면 그곳으로 가야 한다.

보경과 담희는 손을 잡은 채 숲길을 걸었다. 그런데 길을 걸을수록 자줏빛 잎이 엷어지며 푸른 잎의 나무들이 나왔다. 푸른 잎이 나온다는 것은 밤 숲을 벗어났다는 건데.

"저기요."

누군가 부르는 소리가 뒤쪽에서 들렸다. 보경은 머뭇거렸다. 못 들은 척하고 가버리면 더 수상하게 여길 테고, 고개를 돌리면 이곳 사람이 아닌 것을 들킬 거라 판단이 서지 않았다.

  보경은 천천히 몸을 돌렸다. 보경 앞에는 발목까지 오는 긴 원피스를 입은 여자가 서 있었다. 여자는 머리부터 발끝까지 보경과 담희를 훑어봤다. 더 긴 옷을 입었어야 했나? 보경이 입고 온 원피스는 마인계 사람들이 입는 스타일의 옷과 그나마 비슷한 걸 고른 것이었다.

  "그쪽으로 가면 아무것도 안 나와요. 어딜 찾아요?"

  "아, 저희가 피오나에서 와서요."

  보경의 입에서 저도 모르는 말이 튀어나왔다. 예전에 이곳에서 지낼 때 그 지역 이름을 들어본 적이 있다.

  "아, 거기서 오셨구나. 그런데 누굴 찾아요?"

  "친구 집에 왔거든요."

  "친구 누구요? 내가 여기 사람들은 다 알거든."

  보경은 뭐라고 말을 해야 할지 고민이 되었다.

세작에게 자신과 담희가 온 것을 들키면 안 되는데.

"진설이요."

보경은 기억 속에 있던 이름을 꺼냈다.

"진설?"

여자가 되물었고 보경이 고개를 끄덕였다. 진설은 보경이 마인계에서 지낼 때 세작 말고 유일하게 알던 사람이었다. 피오나라는 지명도 진설 때문에 들어봤다. 보경이 밤 숲에 놀러 오지 않는 진설을 찾을 때, 세작은 진설이 피오나에 갔고 피오나가 멀기에 한동안 돌아오지 못할 거라고 알려주었다. 보경은 20년이라는 긴 시간을 이곳에서 보냈지만 밤 숲을 벗어난 적이 거의 없다. 진설과 마을 축제에 간 게 처음이자 마지막이었다.

"둘이 친구라고요?"

여자의 물음에 보경은 그렇다고 대답했지만 여자는 뭐가 이상한지 고개를 갸우뚱했다. 그러면서도 표정과 다른 말을 했다.

"잘됐네요. 내가 데려다줄게요. 안 그래도 그

집에 들를 일이 있거든요."

여자가 따라오라며 손짓했고 보경은 담희와 함께 그 뒤를 따라 걸었다.

보경의 발걸음이 점점 무거워지기 시작했다. 여자를 따라가면 자신의 정체를 들키고 말 텐데. 어찌해야 하나 싶은데 담희가 보경 손을 잡아 이끌었다.

"어떡해."

담희와 눈이 마주친 보경은 소리 내지 않고 입 모양으로만 말했다. 마인계 사람들에게 들키지 말아야 하는데 진설의 집에 가게 되면 들킬 게 분명하다. 그러면 자신이 돌아왔다는 사실이 세작 귀에 들어갈지도 모른다. 고민하는 사이 여자를 따라 숲 밖에 있는 마을까지 와버렸다.

자줏빛 잎이 완전히 사라지고 온통 푸르른 잎만 보일 때, 모여 있는 집들이 나왔다. 여자는 중간중간 돌아보며 보경과 담희가 잘 따라오고 있는지 확인했다.

마을 초입의 한 집 앞에 도착했고 여자가 문을 두드렸다.

잠시 후 문이 열리며 한 아이가 나왔다.

"할머니 계시니?"

아이가 그렇다고 대답하더니 고개를 돌려 할머니를 불렀다. 보경은 여자가 왜 자신이 진설의 친구라고 했을 때 의아한 표정을 지었는지 이해할 수 있었다. 아이의 할머니라면 나이가 지긋하게 들었다는 거다. 보경이 이곳을 떠난 지 30년이 되었고, 진설과 친구로 지냈을 때가 정확히 몇 년 전인지 잘 기억나지 않았지만 그것 역시 한참 전이었다. 진설과 헤어진 후 보경은 오래도록 밤 숲에서 홀로 진설을 그리워했다.

은빛 머리카락을 길게 땋은 할머니가 보경이 있는 쪽으로 걸어왔다. 지금이라도 도망쳐야 하나 망설이고 있는데 진설이 점점 가까이 다가왔.

"아주머니 친구라면서 숲을 떠돌고 있더라고요. 정말로 아는 사람 맞아요?"

여자의 말투에 의심이 배어 나왔다. 보경은 이제라도 거짓말을 해서 미안하다고 사과를 할지 제발 도와달라고 부탁을 해야 할지 고민이 되었다. 진설이 보경의 얼굴을 들여다봤다.

"영랑?"

보경의 눈동자가 커졌다. 진설은 보경의 옛 이름을 기억하고 있었다. 보경이 고개를 끄덕이며 진설을 바라봤다. 노인의 얼굴 속에 보경이 알던 아이가 보였다. 진설은 늘 허둥지둥 뛰어다녔고 목젖이 다 보일 정도로 크게 웃었다. 진설과 있을 때만큼은 밤 숲이 좋았다. 그 어린아이가 이렇게 자랐구나.

"오, 나의 아미."

진설은 보경에게 한 발 더 다가와 양손으로 보경의 손을 꽉 그러잡았다.


2


기억은 사라지지 않는다. 어딘가에 숨어 있을 뿐이다. 진설과 손을 잡은 순간 보경의 흐릿했던 기억들에 색이 입혀지며 총천연색으로 빛나기 시작했다. 진설의 기억도 마찬가지였다.

둘이 친구란 것을 확인한 여자는 다음에 오겠다며 자리를 떴다.

"나, 이 집에 와본 적이 있어."

보경은 예전 기억을 더듬으며 말했다.

마을 축제를 갔던 날, 진설이 머리에 묶는 리본 끈이 마음에 들지 않는다며 집을 들렀다 가자고 했다. 진설의 집은 세작의 집과 달리 온기가 느껴졌다. 세작과 함께 지내는 집은 온도 변화가 없는 밤 숲에 있기 때문인지 항상 조금은 서늘했다.

그건 보경이 마인계로 오기 전에 지내던 집도 마찬가지였다. 이렇게 집 안이 따스할 수도 있구나. 마치 햇볕 아래 서 있는 것만 같은 기분이 들었다. 언젠가 이런 집에 살고 싶다고 보경은 마음속으로 생각했었다.

마인계를 벗어나 기억을 반납하고 돌아온 보경이 혼자 집을 구할 나이가 되었을 때 원한 조건은 딱 하나였다. 햇볕이 잘 드는 집. 기억이 없어도 볕 드는 따스한 집에 대한 감정은 남았던 것이다. 오래된 집이어도, 작은 집이어도 상관없었다. 보경은 따뜻한 집을 찾았다. 집을 알아봐주는 부동산 중개인들은 곰팡이가 걱정돼서 그런 거냐고 결로 없는 집을 소개해주었지만, 보경은 집을 보러 가면 제일 먼저 창문으로 다가가 햇볕을 살폈다.

보경과 진설은 그간 자신들이 지낸 이야기를 나누었다. 진설은 언제까지 함께 놀겠다는 약속을 한 후 그것을 통째로 잊어버린 것을 사과했다. 보경은 예전에는 하지 못한 세작과의 이야기를 조심스레 했다. 자신이 밤 숲을 벗어날 수 없었던 이유도.

"세작님이 그런 이유로 늙지를 않았구나."

진설은 마인계와 무마인계를 연결하는 통로에 대해 들어본 적이 있다며 알려주었다.

옛날에는 두 세계를 오가는 통로가 꽤 여러 개 있었다. 그 통로를 통해 다른 세계 사람들이 오가며 문제가 생기기 시작했다. 두 세계는 각각의 체계를 가지고 있는데 마인계 사람들이 무마인계에 가서 자신들이 가진 능력을 보여준다거나 무마인계 사람과 사랑에 빠져 마인계로 몰래 데려오기도 했다. 때로 마인계 사람이 무마인계에서 잡혀 사기꾼 취급을 받기도 했다. 무마인계 사람들은 마인계를 믿지 않고 의심하고 부정했다. 두 세계를 오가는 것을 법으로 금지해야 한다는 의견이 있었지만 다른 세계 존재를 아예 막을 필요까지는 없다는 목소리도 나왔다. 그렇기에 처음에는 통로가 열리는 시기를 조정했다. 1년 중 한 달, 2년 중 한 달, 3년 중 한 달……. 그렇게 늘어나다가 어느샌가 10년 중 한 달만 열어두기로 했다.

한번은 통로를 통해 무마인계 사람 열 명 가까이가 넘어온 적이 있다. 무마인계로 간 한 젊은 마인이 문이 닫혀 무마인계에 갇혔다가 10년이 지나 문이 열려 있는 것을 보게 되었다. 그는 한평생 거짓말쟁이 취급을 받았지만 드디어 자신의 말이 진짜인 것을 증명해 보일 수 있었다.

마인을 따라온 무마인계 사람들은 그냥 오지 않았다. 그들 손에는 하나씩 무기가 들려 있었다. 마법을 부리는 세계라니 믿을 수 없다면서도 마인이 보여준 작은 마법이 요상하긴 했으니 따라온 거였다. 무마인계 사람들은 자신들이 가져갈 것이 있지 않을까, 한편으로 마인계가 위협이 될 수도 있으니 없애야 하지 않겠냐는 마음을 가진 채였다. 그중 한 명이 들고 있던 횃불을 떨어뜨렸는데(그게 의도적이었는지 실수였는지는 알 수 없다) 숲에 불이 일기 시작했고 그로 인해 무마인계 사람들이 건너온 것을 마인계 사람들이 알게 되었다. 숲에 붙은 불을 끈 마인들은 무마인계 사람들의 기억을 지운 후 돌려보냈다. 그 일이 있은 후 두 세계를 오가는 통로를 없애버렸다. 그게 벌써 100년도 더 지난 일이다.

그렇게 모든 통로가 막혔다고 알고 있었지만 사실 밤 숲에 마지막 통로 하나가 남아 있었다. 그 통로를 통해 50년 전에 보경은 마인계로 오게 된 것이다.

"세작이 데리고 있는 아이를 구하러 왔어."

보경은 이곳에 돌아오게 된 이유를 말했고 옆에서 듣고 있던 모모가 끼어들었다.

"저 민진을 알아요. 민진은 제 친구예요."

모모는 사라졌던 민진을 며칠 전 다시 만났다며, 민진이 마인계 사람이 아니란 것도 다 알고 있었다고 털어났다.

"할머니, 미안해. 내가 규칙을 어겼어. 무마인 계 사람과 접촉하면 안 된다고 했는데 지키지 않았어."

모모의 말에 진설이 고개를 저었다. 진설이 앞에 있는 보경을 바라보며 말했다.

"나부터 규칙을 어겼는걸?"

그들은 민진을 어떻게 데려올지 논의했다.

"우리가 세작님을 고발해요. 세작님이 무마인 계 사람을 데리고 있다고 말이에요."

모모가 의견을 냈지만 진설은 좋은 생각이 아니라고 했다. 단순히 세작이 처벌받는 것에서 끝나지 않는다고, 무마인인 민진의 안전을 보장할 수가 없다고 했다. 무마인을 살려서 돌려보내지 않는다는 이야기도 전했다.

"민진만 몰래 데리고 오면 돼."

보경의 말에 진설은 곧 통로가 닫힐 거라며 서둘러야 한다고 했다.

"다행히 내일 세작이 집을 비울 거야."

마인들이 한 달에 한 번씩 모여 하는 집행부 회의가 있다. 그 회의가 열리는 동안 모모가 세작의 집으로 가서 민진을 데려올 계획을 세웠다.

진설과 보경이 함께 식사 준비를 하며 그간 밀린 이야기를 나누는 동안 담희는 모모와 거실에 있었다. 담희는 모모와 단둘이 있는 게 어색하기도 하고 불편하기도 했다.

담희는 민진이 걱정되었다. 민진이 잘 있을까? 모모라면 알고 있을지도 모른다. 아까 모모는 돌아온 민진을 만났다고 했다.

담희는 주머니에 손을 넣어 수첩을 꺼내려다가 그만두었다. 거실에 있는 책들을 보니 글자가 완전히 달랐다. 소리 내어 말할 수 있었다면 좋았을 텐데. 담희는 민진에 대해 묻지 못하는 게 답답했다.

"너무 걱정 마. 민진은 잘 있어."

모모가 담희 옆으로 슬며시 다가와 말했다. 담희는 놀랐지만 모모를 쳐다보지 않았다. 설마 마음속 말을 알아들은 걸까? 에이, 말도 안 돼. 그런데 이 아이는 민진과 친구일까? 민진이 그림에 그렸던 은발 아이와 닮은 것 같기도 했다.

"정말? 민진이 나를 그렸다고?"

담희는 모모를 바라봤다. 이 아이는 어떻게 속마음을 아는 거지?

"나는 강아지나 고양이 생각을 읽을 수 있어. 아, 네가 강아지나 고양이 같다는 건 아니고."

모모는 민진 옆에 조심스레 앉았다.

"근데 너 진짜 민진과 많이 닮았어. 아까 문을 여는데 깜짝 놀랐다니까."

담희는 이곳에서 민진이 어떻게 지냈을지 궁금했다. 주머니에 있는 수첩을 꺼낼 필요는 없었다. 담희가 궁금해하는 것을 모모가 알려주었으니까. 모모는 민진이 마력 없이도 나무를 잘 타고, 민진이 노래를 부를 때면 음색이 무척이나 맑아 풀과 꽃마저도 조용히 들었다고 했다. 하지만 민진이 가끔 아무 말도 하지 않은 채 멍하니 있을 때가 있고 그때 민진의 눈동자 안이 텅 비어 있어 그걸 보는 모모마저 슬퍼지고 말았다는 이야기를 해줄 때 담희는 마음이 꼬집히는 것 같았다.

# 3

 모모는 세작이 밤 숲을 나서는 걸 지켜보다 재빨리 세작의 집으로 달려갔다. 문 앞에 도착해서는 숨을 몰아쉰 후 문을 두드렸다.
 문을 열고 나온 민진은 놀란 얼굴이다. 모모와 늘 만나는 곳은 숲속 놀이터니까. 모모가 집으로 찾아온 건 처음이다.
 "무슨 일이야?"
 모모는 뭐라고 말을 해야 할지 이리저리 생각했다. 비록 세작이 집에 없지만 세작의 집에서는 어떤 말을 하는 것도 조심스러웠다. 숲에서 같이 놀고 싶어서 왔다고 할까? 민진이 지금은 놀기 싫다고 하면 어쩌지? 담희가 왔다고 말을 해야 하나? 모모는 말을 고르지 못한 채 머뭇거렸다. 결국 어떤 이유도 대지 못하고 그저 한마디 했다.
 "가자."
 민진은 아무것도 묻지 않고서 고개를 끄덕이며 나왔다.

"응. 같이 가자."

둘은 함께 숲속을 달렸다.

민진과 모모가 자주 만나는 곳에 다른 이들이 기다리고 있었다. 담희와 보경이었다. 민진은 처음에 변장을 한 둘을 알아보지 못했다. 둘에게 가까이 다가간 후에야 알아차렸다. 놀란 민진이 소리쳤다.

"네가 여길 오면 어떻게 해? 너는 여기 있으면 안 된다고! 그런데 머리카락은 어떻게 한 거야."

아침에 진설은 마력을 써서 담희와 보경의 머리카락 색깔을 바꿔주고 이곳 사람들이 입는 옷을 빌려주었다. 어제는 숨긴다고 숨겼지만 조금 어색했다. 의심 많은 마인계 사람을 만났다면 외부인인 걸 들켰을지도 모른다.

민진과 다시 만난 담희는 민진을 꽉 안았다. 내심 담희는 민진이 진짜가 아닐까봐 두려웠다. 하지만 민진은 존재했다. 민진의 체온이 고스란히 느껴졌다. 민진에게도 마찬가지였다. 담희의 온도가, 마음이 민진에게 전해졌다.

모모가 민진과 담희를 신기하다는 듯 반복해

서 봤다.

"아무리 봐도 너희 둘이 정말로 많이 닮았어."

모모 말대로 민진과 담희가 비슷한 옷을 입고 은발까지 하자 둘은 쌍둥이처럼 비슷했다.

"담희 네가 어떻게 여길 왔어?"

"담희와 영랑은 너를 데리러 온 거야."

옆에 서 있던 모모가 담희 대신 말해줬다.

"영랑?"

민진이 담희와 함께 온 보경을 바라봤다. 담희의 상담 선생님이 자신의 초크 목걸이를 봤다고 했을 때 이상하다 여기긴 했지만, 그 선생님이 영랑일 거란 생각은 못 했다.

보경이 민진 쪽으로 가까이 다가서며 말했다.

"미안해, 너를 여기 데려와서."

보경은 이제야 민진에게 제대로 된 사과를 할 수 있었다.

"내가 오겠다고 한 거잖아. 여기 오지 않았다면 나는 지금까지 살아 있지 못했을 거야."

민진은 보경에게 괜찮다며 미안한 마음을 버리라고 했다.

"영랑, 나는 너를 원망한 적이 한 번도 없어. 진짜야."

민진의 말에는 거짓이 조금도 없었다.

"지금 이럴 때가 아니야."

모모는 세작이 돌아오기 전에 빨리 움직여야 한다고 했다.

"민진, 같이 돌아가자."

보경은 민진을 향해 말했다. 담희는 민진의 팔을 꽉 잡은 채 서 있었다. 그런데 민진이 고개를 저었다.

"나는 갈 수가 없어."

"왜? 문이 닫히기 전에 우리와 돌아가면 돼."

보경은 아직 마인계 문이 닫히지 않았다며 지금 당장 가자고 했다.

"세작이 나를 가만두지 않을 거야. 이걸 이용해서 나를 없애버릴지도 몰라."

민진이 제 목에 있는 초크 목걸이를 가리켰다. 그걸 본 보경은 잊고 있던 세작의 힘을 떠올렸다. 30년 전 무마인계로 민진을 만나러 갔을 때 세작은 자기와의 약속을 잊지 말라며 초크를 한 번씩 조였다. 그럴 때면 숨이 막히는 것뿐만 아니라 온몸이 딱딱하게 굳었다. 세계를 벗어나도 초크가 있는 이상 세작의 마력이 통했다. 세작은 경고했다. 마인계에서 도망가면 초크로 숨통을 조여 먼지로 만들어버리겠다고. 만약 민진이 무마인계로 도망친다면 세작은 그렇게 하고도 남겠지.

그때 담희가 모모의 팔을 톡톡 두드렸다. 자기 말을 민진에게 전해달라는 뜻이었다. 담희의 마음을 읽은 모모는 싫다고 고개를 저었다. 그 말을 할 수는 없었다. 하지만 담희가 계속 모모에게 전해달라며 자기 마음을 말했다.

'제발, 모모. 내 뜻을 전해줘.'

이 말을 전하는 게 과연 맞을까 싶었지만 모모가 대신 전하지 않아도 담희는 어떻게든 제 뜻을 전할 거다.

담희가 한 번 더 모모의 팔을 잡아당겼고 결국 모모는 담희의 뜻을 전했다.

"담희는 자기가 남겠대. 원래 약속대로 자기가 남을 테니 민진 네가 가래."

모모의 말이 끝나자마자 민진이 단호하게 소리쳤다.

"그럴 순 없어!"

담희는 다시 모모에게 전해달라고 했다.

"네가 가지 않으면 담희도 여기 남겠대."

"안 돼, 담희야. 너는 돌아가. 오빠가 너를 기다리잖아. 나는 이제 엄마도 돌아가셨고. 나를 기다릴 사람은 없어. 그러니까 나는 여기에 있어도 괜찮아."

민진은 더듬더듬 말했다.

"민진, 말도 안 되는 소리 하지 말래. 너를 기다리는 사람이 왜 없어? 담희가 너를 기다린대. 네가 가지 않으면 담희도 안 간대."

"나는 이 초크 때문에 세작을 벗어날 수 없어."

"그러면 너 대신 담희가 남겠대."

"그건 안 된다니까."

셋의 말다툼 아닌 다툼을 지켜보고 있는 보경은 이러지도 저러지도 못한 채 있었다. 세작의 힘을 알기에 무작정 민진을 데리고 떠날 수는 없는 일이었고 그렇다고 담희를 두고 갈 수는 없었다. 무엇보다 민진을 이곳으로 데려온 이로서 민진을 무사히 데려갈 책임 역시 보경에게 있었다.

초크가 문제였다. 초크는 절대 스스로 풀 수 없다.

"진설에게 부탁하자. 초크를 풀어달라고."

이 초크를 풀면 세작의 힘이 더 이상 미치지 못한다. 그러나 보경의 말을 들은 모모가 고개를 저었다.

"그건 불가능해요. 마력을 건 사람의 마력으로 풀 수 있어요."

초크는 오직 세작의 마력으로 풀 수 있다.

"맞다, 그랬지."

보경은 진설과 관련된 기억만 돌아온 게 아니다. 세작과 살았던 집과 세작과 보낸 하루도 함께 차올랐다. 가둬져 있던 기억이라 더듬는 덴 시간이 좀 걸리긴 했지만, 세작을 잘 알고 있는 건 민진과 보경이다. 보경은 자신이 기억하고 있던 세작에 대해 민진에게 물었다. 오랜 시간이 흘렀지만 세작은 그대로인 것들이 많았다.

"아마 100년 후에도 세작은 똑같을 거예요."

민진의 말에 보경은 웃었지만 그 모습을 상상하니 조금 소름이 돋았다. 세작의 마력을 얻어낸다면 그 힘으로 초크를 빼낼 수 있다.

"그렇다면 이건 어떨까?"

보경이 떠오르는 생각 이것저것을 말하자 민진도 거기에 의견을 덧붙였고 모모와 담희는 괜찮은 아이디어 같다며 고개를 끄덕였다.

## 4

세작이 민진의 방문을 열고 들어왔다.

"벌써 자려고?"

세작이 불렀지만 민진은 대답을 하지 않았다. 조금 전 세작이 돌아왔을 때 민진은 쉬겠다며 방으로 들어갔다. 저녁도 먹지 않고 자려는 건가. 잘 먹어야 어여쁜 유리 인형을 얻을 수가 있는데. 아무래도 깨워서 식사를 하도록 만들어야겠다.

"뭐 좀 먹어야지?"

민진은 천장을 보고 누워 있었다. 보통 민진은 옆으로 누워 잠을 잤다. 평소와 다른 것을 느낀 세작은 민진에게 다가갔다. 민진의 몸을 여러 번 흔들었지만 민진이 깨어나지 않았다.

  민진의 얼굴이 창백해 세작은 코밑에 손가락을 댔다. 민진이 숨을 쉬지 않았다. 몸을 만져보니 다행히 아직 체온은 떨어지지 않았다.

  초크 때문에 문제가 생긴 걸까? 돌아온 민진의 초크를 일부러 더 조이긴 했다. 세작은 민진의 입에 대고 마력을 불어넣었다. 며칠만 지나면 민진을 일곱 번째 유리 인형으로 만들 수 있다. 민진이 정신이 들기를 바라며 세작은 속으로 주문을 외웠다. 그런데 바깥이 소란스러웠다.

  발걸음 소리가 들려 세작은 주문 외우던 걸 멈추고 방에서 나갔다.

  거기에는 진설과 모모, 그리고 처음 보는 여자가 서 있었다. 어디서 본 것 같은데 누구더라? 눈이 안 좋은 세작은 눈을 가늘게 뜬 후 여자를 바라봤다.

  "기억 못 하세요? 저 영랑이에요."

세작은 예전 기억을 떠올렸다. 유리 인형이 되지 않은 몇 안 되는 아이 중 하나였지. 왜 다시 이곳을 찾아온 거지? 세작은 어른을 필요로 하지 않는다.

그때 보경 뒤에서 민진이 튀어나왔다. 세작의 눈이 휘둥그레졌다. 어떻게 된 거지? 민진은 분명 방금 전까지 침대 위에 누워 있었는데.

세작이 민진의 방 쪽으로 고개를 돌려보니 민진이 문 앞에 서 있었다. 민진이 두 명이었다.

방에서 나온 민진은 여자 뒤에 서 있던 민진에게 달려가 손으로 목에 건 초크를 풀었다. 뜯겨진 초크가 바닥으로 내동댕이쳐졌다.

"뭐 하는 거야?"

세작이 두 민진에게 다가갔다. 진짜 민진은 진설 뒤에 서 있었다. 세작이 마력을 불어넣었던 침대 위 아이는 민진이 아닌 담희였다.

"이게 어떻게 된 거지?"

세작은 민진과 담희를 번갈아 바라봤다.

민진을 담희로 바꿔치기하자는 아이디어는 민진이 냈다. 세작은 눈이 좋지 않기에 가끔 모모를 보고도 민진으로 착각할 정도였다. 민진의 옷을 입은 담희가 진설이 준 위절초를 먹고 침대에 누워 있었다. 위절초를 먹으면 5분 정도 숨이 멎은 것처럼 보인다. 세작에게 직접 마력을 받은 담희는 그 힘으로 민진의 초크를 풀었다.

이제 민진은 자유다. 그제야 모든 걸 알아차린 세작의 얼굴이 굳었다. 세작은 민진을 잡기 위해 팔을 내밀려고 했지만 힘이 없어 그럴 수가 없었다. 세작은 균형을 잡지 못한 채 몸을 비틀거렸다. 마력을 나누어 주어 그런가? 고작 그 정도로? 바닥에 주저앉은 세작의 눈에 탁자 위 찻잔이 들어왔다.

"차에…… 뭘 탄 거야?"

"설피초를 왕창 넣었어요."

민진은 각인초 대신 설피초를 우린 차를 마련해두었다. 세작이 마시지 않으면 어쩌나 걱정했는데 습관처럼 세작은 차를 다 마셨다. 설피초는 진설에게 얻었다.

세작의 몸뿐만 아니라 정신까지 흐물거리기 시작했다. 마력으로 민진을 잡는 게 어렵다는 걸 알게 된 세작은 곧바로 태세를 바꿨다. 세작은 민진을 붙잡을 말을 알고 있다.

"돌아가도…… 네 자리는 없단다. 네 엄마는…… 나밖에 남지 않았어."

민진이 현실을 깨달아야 했다.

"네 영혼에는…… 손도 대지 않으마. 너를 절대로 유리 인형으로…… 만들지 않을게. 마인들은 약속을 지킨다는 거…… 알고 있잖니. 여기만큼 네게 무해한 곳은…… 없단다."

민진은 세작의 손을 잡고 밤 숲을 걸었던 시간과 이곳에서 지내던 나날을 떠올렸다. 세작의 말이 틀리진 않다. 민진의 표정이 미묘하게 바뀌는 걸 세작은 포착했다.

"아이야…… 이리 오렴."

세작은 간신히 손을 내밀었고 머뭇거리던 민진이 세작에게 다가갔다. 담희가 민진의 옷을 잡아당기고 보경이 안 된다고 소리쳤지만 소용없었다. 몸을 웅크린 채로 앉아 있는 세작은 한낱 노인일 뿐이었다. 세작 앞에 무릎을 꿇은 민진이 세작의 손을 잡았다.

"너는 여기 있어야…… 아프지 않아. 거기 돌아가면…… 다시 예전처럼 아플 수도 있단다. 마인계에 있어야…… 네가 안전하단다."

세작은 그 말을 힘겹게 내뱉었다. 민진은 가만히 세작을 봤다. 30년 동안 세작은 조금도 늙지 않았고 민진도 마찬가지였다. 민진이 이곳에 머문다면 앞으로도 그렇겠지. 마인은 약속을 어기지 않으니 세작은 민진을 유리 인형으로 만들지 않겠다는 약속을 지킬 거다. 이곳만큼 안전한 곳이 또 있을까. 민진은 고개를 돌려 담희를 바라봤다. 담희가 울먹이고 있다.

민진은 자신이 잡고 있는 세작의 손을 놓으며 말했다.

"아뇨. 나는 이제 자라고 싶어요. 나의 시간은 흐를 거예요."

더 이상 붙잡을 게 없어지자 세작의 몸은 급격히 중심을 잃었다. 설피초가 세작을 잠들도록 만들었다. 몸과 머리가 바닥에 닿았고 세작의 눈꺼풀이 스르륵 감겼다.

"얼른 가!"

김혜정 • 돌아온 아이들

진설이 소리쳤다. 마력이 센 세작이기에 설피 초의 효과가 길지 않을지 모른다. 세작이 혹시라도 깨면 진설이 어떻게든 막을 것이다. 오래전 지키지 못했던 약속을 대신해서라도.

바깥으로 나가려던 민진이 몸을 돌렸다.

"잠깐만요."

민진은 선반 위에 있는 여섯 개의 유리 인형을 주머니에 담았다. 왠지 이 인형을 챙겨 가야 할 것 같았다. 유리 인형은 주머니에 다 담기지 않았다. 옆에 있던 담희가 나머지 세 개를 자기 가방에 나눠 넣었다.

담희와 민진, 보경과 모모는 통로가 되는 나무 구멍을 찾아갔다.

나무 속 구멍은 아직 닫히지 않아 반짝이고 있었다. 닫힐 시기가 되어서 며칠 전보다 빛이 바래긴 했다.

"잘 가. 나의 아미."

모모는 민진과 담희, 보경과 한 번씩 포옹을 나눴다.

"진설한테 고맙다고 전해줘."

구멍으로 들어가기 전 보경이 모모에게 그렇게 부탁했다.

셋은 차례대로 나무 구멍 안으로 뛰어들었다. 구멍은 몸보다 작았지만 몸이 닿으니 안으로 흡수되듯 쑥쑥 빨려 들어갔다.

민진과 담희와 보경이 돌아가고 난 후에야 진설이 달려왔다. 세작은 아직 잠들어 있었다. 진설은 구멍을 바라보며 말했다.

"벌써 가버렸구나."

진설은 옛날 피오나로 떠날 때가 떠올랐다. 그때도 영랑과 헤어진다는 생각에 여러 번 눈물을 닦아냈었다.

"그래도 돌아가서 정말 다행이야."

진설의 눈가에 눈물이 맺혔다. 세작으로부터 민진을 구할 계획을 세우며 보경은 진설을 걱정했다. 보경과 담희, 민진이 무사히 돌아간다 하더라도 세작이 진설에게 보복할 수 있으니까. 진설은 세작이 해온 일들을 다른 마인들에게 알릴 예정이다. 무마인을 도운 진설도 어느 정도의 처벌을 피할 수 없겠지만 상관없다.

그전에 우선 할 일이 있다.

"모모야, 시작하자."

진설은 미리 준비해둔 도끼를 들어 힘껏 나무를 내리쳤다. 쿵쿵거리는 소리가 이어지며 나무가 조금씩 파였다. 어느 정도 틈이 생기자 모모가 나섰다.

"할머니, 이젠 내가 할게."

모모가 진설에게 도끼를 받아 든 후 반대편 밑동에 도끼를 휘두르려다가 멈추었다. 이제 다시 민진을 만날 수 없다.

"모모야, 부탁할게."

텅 빈 민진의 눈빛을 떠올리며 모모는 도끼로 나무를 잘랐다. 눈물이 맺혀왔지만 꾹 참고서. 몇 번 도끼로 내리치자 이윽고 나무가 흔들리더니 바닥으로 쓰러졌다.

두 세계를 연결하는 마지막 문이 닫혔다.

## 에필로그 : 모두의 내일

 침대 위에 두 아이가 누워 있다. 담희는 고개를 돌려 반대편 침대에 누운 민진을 바라봤다. 민진은 민트색 침대를 골랐다.

 아까 저녁을 먹으며 아빠는 상백산 이야기를 했다. 세상에 참 별일이 다 있다면서 말이다. 왜 하필 상백산이냐며, 아빠는 담희와 민진에게 혹시 무슨 일인 줄 알고 있느냐고 물었다. 담희와 민진은 모르겠다고 고개를 저었다. 아빠가 보지 않는 틈을 타 둘은 서로를 보며 눈을 한 번 찡긋하고는 밥을 먹었다.

 "담희야, 우리 그 아이들 데리고 오길 잘했어."

민진의 말에 담희가 미소 지으며 그렇다고 고개를 끄덕였다.

나무에서 빠져나왔을 때 갑자기 주머니가 부풀기 시작했다. 담희의 가방도 마찬가지였다. 놀란 민진과 담희가 주머니와 가방에 담긴 인형을 꺼냈는데 더 이상 유리 질감이 아니었다. 말랑말랑한 감촉의 인형이 점점 커지면서 민진과 담희만 한 아이들로 바뀌었다. 여섯 개의 유리 인형은 여섯 명의 사람이었다.

여섯 명의 아이들은 자기 몸을 만지고 또 만졌다. 손바닥으로 제 양팔을 문지르고 손가락으로 제 볼을 꼬집었다. 몇 명은 울음을 터트리기도 했다. 민진은 아이들에게 이제 괜찮을 거라고 말해주었다. 말은 그렇게 했지만 민진은 울음이 나오는 걸 참지 못했다. 담희도 울먹이며 아이들을 안아주었다.

아이들의 울음소리로 아득해진 보경은 이내 정신을 차렸다. 보경의 차례였다. 먼저 담희의 아빠에게 연락해 담희와 민진을 찾았다 알리고 둘을 먼저 돌려보낸 후 경찰서에 전화를 걸었다.

민진과 담희는 뉴스를 통해 아이들의 소식을 알 수 있었다. 다행히 아이들은 모두 건강에 이상이 없었다. 다만 원래의 가족들이 남아 있지 않은 경우가 많았다. 여섯 명 아이들의 소식을 들을 때마다 민진과 담희는 마음속으로 그 아이들이 잘 지내기를 바랐다.

　"내일부터 학교에 가는구나. 떨리는데 나 잘할 수 있겠지?"

　민진의 물음에 담희가 이번에도 고개를 끄덕였다. 민진은 담희와 5학년에 다니기로 했다. 민진은 아주 오랜만에 가는 학교가 어떨까 긴장이 되었지만, 담희와 함께라고 생각하니 마음이 좀 놓였다.

　"고마워."

　민진이 말했다. 담희도 민진에게 대답을 해주고 싶었다. 하지만 이미 침대에 누워 수첩을 가져올 수 없었다. 담희가 입을 열었다.

　"나도, 고마워."

　담희의 목과 입을 통해 소리가 나왔다. 민진이 침대 위에서 벌떡 일어났다.

김혜정 • 돌아온 아이들

"담희야! 네가 말했어! 네가 드디어 소리 내서 말을 했다고!"

"어? 어."

놀란 건 민진뿐만이 아니었다. 담희도 말을 한 자신이 너무나 신기했다. 그래서 다시 한번 소리 내어 "민진아" 하고 말했다. 정말로 또다시 소리가 났다.

"아, 오빠가 얼마나 좋아할까. 잘됐어, 담희야."

두 소녀가 침대 위에 누운 채 발을 구르고 있는데 아빠가 문을 열고 들어왔다.

"얼른 자. 첫날부터 지각할 수 없잖아."

아빠는 그 말을 하고는 곧바로 문을 닫았다. 담희와 민진은 서로를 바라보며 꺄르르 하고 웃었다.

그래, 이제 자야 한다. 둘은 천장을 바라본 후 침대에 바로 누웠다.

담희와 민진은 내일이 기다려졌다.

**발문**

## 그 숲에서 우리를 기다리는 아이들

이희영(소설가)

 김혜정은 시간의 작가다. 김혜정이 만든 세계 속에는 오백 년째 열다섯으로 사는 아이가 있고(『오백 년째 열다섯』), 잃어버린 분실물을 찾으면 그 시절로 타임슬립을 하는, 덕분에 평범했던 삶이 하루아침에 분주해지는 주인공도 있다(『분실물이 돌아왔습니다』).

 이렇듯 김혜정의 시간은 곧잘 한곳에 멈추거나, 돌연 아무 예고 없이 과거로 되돌아간다. 그러나 무한한 상상력의 판타지적 시간을 경험한 독자는 마지막 장을 덮은 후, 눈앞에 드리워진 또렷한 현실과 한 번 더 마주하게 된다. 판타지란 본디 기묘한 거울과 같아서 자칫 신기하게 보일 수 있지만 결국 그 앞에 선 우리의 현실을 비추기 마련이다.

시간의 작가는 이번에도 물리적인 시간의 경계를 과감히 허물며, 독자에게 그 부서진 파편 너머에 펼쳐진 낯설고도 새로운 세상을 아낌없이 선보인다.

『돌아온 아이들』은 뫼비우스 띠처럼 처음과 끝이 맞물려 있다. 찌는 듯한 여름 어느 날 상백산에서 똑같은 옷을 입은 열두 살가량의 아이들이 발견되고, 그들 중 한 명이 자신의 딸 같다며 찾아온 노인의 입에서는 믿을 수 없는 말이 흘러나온다.

"60년 전 잃어버린 제 딸이 분명해요."

이야기는 그렇게 또 한 번 자연의 흐름을 과감히 막아서는 것으로 시작된다. 그 뒤로 30년 전에 실종된 고모가 사라졌을 적 어린아이 모습으로 나타나는 장면으로 본격적인 소설의 서막이 오른다. 무슨 이유에서인지 30년이라는 전혀

짧지 않은 시간을 단번에 뛰어넘은 고모 민진은 이미 성인이 되어버린 오빠와 생물학적 나이로는 또래인 조카 담희와 함께 오묘한 가족의 형태로 살아간다.

이 과정에서 눈에 띄는 것은, 30년 가까이 물리적 시간을 경험하지 않아 여전히 어린아이로 남은 고모 민진의 태도다. 민진은 조카인 담희가 자신과 어떤 방법으로 소통하길 원하든, 고모인 자신을 어떻게 부르든, 전혀 신경 쓰지 않는다. 그 태도는 상대에게 모든 걸 맞춰주려는 소극적인 행동이었다기보다는, 상대의 모습 그대로를 인정하는 포용력에 가깝다. 이렇듯 남을 헤아리는 어린 고모의 순수한 아량을 보며, 우리는 문득 '어른'이라는 단어의 의미를 한 번 더 곰곰이 생각해보게 된다. 흔히 말하는 삶의 경험과 윤리, 가치관과 사회를 운운하는 어른의 세계는, 오히려 그런 것으로 인해 점점 더 시야가 좁아지지 않나, 자문하게 되는 장면이다.

독자에게 꾸준히 사랑받고 있는 김혜정이 여

타 소설들이 그러하듯 이번 작품인 『돌아온 아이들』 역시 현실과 판타지, 이 두 개의 톱니바퀴가 맞물려 빈틈없이 돌아간다.

세상은 마인계와 무마인계로 나뉘고, 그 두 세계를 오갈 수 있는 상백산의 통로를 찾아가는 과정을 따라가다 보면, 오래전 실종된 아이들이 무슨 까닭으로 시간의 흐름에서 완벽히 비켜나게 됐는지, 소설의 가장 중요한 핵심이자 궁금증의 해답을 하나둘 얻게 된다.

이즈음에서 독자는 익숙한 『헨젤과 그레텔』의 이야기를 떠올릴 수밖에 없다. 배고픔에 지친 오누이가 과자로 만든 집에 이끌려 마녀에게 붙잡힌다는 동화는 『돌아온 아이들』에서도 설핏 엿볼 수 있는데, 밤 숲의 주인이며 고약한 마인인 세작 역시 어린아이들을 자신의 영역으로 교묘히 불러 모은다. 세작을 따라 숲으로 들어온 아이들은, 헨젤과 그레텔이 그러했듯 쉽게 벗어날 수 없는 저마다의 고통과 병마 그리고 학대 속에 오랫동안 갇혀 있었다. 힘없고 나약한 아이들이 자신들을 위해 할 수 있는 유일한 방어는 오직 그것뿐이기에 그들은 결국 잔인한 현실을 피해 망각의 숲으로 도망친다.

『돌아온 아이들』에서 무엇보다 가슴 아픈 장면은 이 신비한 사건의 모든 열쇠를 쥐고 있으며, 뒤엉킨 두 세계의 질서를 바로잡을 수 있는 과거 영랑의 사연이다. 아버지에게 무차별적인 폭력과 학대를 당했던 영랑은, 모든 기억을 잃은 채 보경이라는 어른으로 성장한다. 그런 보경과 엄마의 죽음으로 말을 잃어버린 담희의 만남은 이 소설이 단순히 판타지가 아닌, 지금도 어딘가에서 자행되고 있는 아픈 현실을 보여주는 지점이라 말할 수 있다.

세상으로부터 상처받은 아이는 시간이 지나 어른이 된다. 그러나 치유되지 않는 상처와 아픔을 잊기 위해선 또 다른 아이로 상징되는, 여전히 고통받는 과거의 나를 내면 깊숙한 밤 숲에 가둬놓아야만 한다. 이 과정에서 어른이 된다는 건 그저 시간의 경과에 불과할 뿐, 그 흐름에 분투하며 성숙해지는 내면외 성장이 아니다. 그런

의미에서 과거 영랑이었던 보경이, 망각의 숲을 거슬러 올라가며, 고통스러운 과거를 떠올리는 장면은 이 작품에서 시사하는 바가 크다. 성장은 비단 장애물을 헤치며 앞으로 나가는 것만은 아닐 것이다. 그 험난한 과정에서 가끔은 뒤를 돌아 지나온 길을 살피는 것도 성장의 일부다. 삶에도 반드시 쉼표가 필요함을 우리는 다시금 깨닫게 된다.

밤 숲과 세작은 어쩌면 우리의 유년 시절 상처와 고통을 준 공간과 인물일지도 모른다. 그 아픈 기억에서 온전히 빠져나오려면 고통스러운 여정이 기다리고, 좀처럼 떠올리고 싶지 않은 힘든 과거와 한 번 더 마주해야 한다. 우리는 때론 말을 잃은 담희처럼 그 누구에게도 소리 내어 이야기할 수 없고, 모든 기억을 지워버린 보경처럼 어느 날 갑자기 어른이라는 가면을 쓰며 괜찮은 척 살아가기도 한다. 하지만 담희는 끝끝내 혼자서 어른이 되려 하지 않는다. 유리 인형이 되어 영원히 박제될까 두려워하는 내면의 아이를 버려둔 채 외로운 어른으로 성장할 수 없다고 고백한다. 그리하여 결국 스스로의 언어를, 세상과 온전히 맞설 수 있는 진정한 성숙의 힘을 되찾게 된다.

소설의 마지막에 세작은 자신을 벗어나려는 민진에게 말한다.
"너는 여기 있어야…… 아프지 않아. 거기 돌아가면…… 다시 예전처럼 아플 수도 있단다."
그 서늘한 유혹에 민진은 세작의 손을 놓으며 대답한다.
"아뇨. 나는 이제 자라고 싶어요. 나의 시간은 흐를 거예요."

김혜정은 또 한 번 삶의 시간을 멈춰 세웠고 그 정지된 세계로 우리를 초대했다. 덕분에 우리는 정신없이 흘러가는 현실의 시간에서 잠시나마 숨을 고를 수 있게 되었다. 천천히 호흡하며 지나온 시간 속에서 우리가 놓쳐버린 것이 무엇인지, 애써 모른 척하며 외면했던 진심이 무엇인지 톺아보는 소중한 기회를 얻었다. 타임슬립처럼 과거로 거슬러 올라갈 수 있고, 한때의 그날에 오롯이 멈추어 설 수 있는 건, 김혜정이 만든 판타지 속 세계에서만 가능한 일은 아닐 터다. 시간은 곧게 뻗은 길처럼 늘 한 방향으로 흐른다고 믿지만, 인간이 체득하는 시간은 오히려 어지러운 미로에 가깝다. 때론 길을 잃고 방황하거나, 생각지도 못한 벽을 만나 한자리에 멈춰 서게 되니까. 우리는 과거와 현재, 미래처럼 일직선으로 이어지는 물리적인 시간만큼이나 개개인의 얽히고설킨 복잡한 삶의 시간에 충실해야 한다. 그 고군분투는 끊임없이 둥근 원을 그리는 시계 초침처럼 늘 반복된다.

오늘 『돌아온 아이들』을 통해 가슴속 깊이 자리한 그 숲에서 나를 기다리고 있는 어린 자신에게로 되돌아가보는 건 어떨까. 아직 못다 한 이야기에 귀를 기울이는 시간을 가져보는 건 어떨까. 그것은 어두운 숲을 넘어, 빛을 향해 가는 첫걸음이 될 것이다.

**작가의 말**

## 살며시 손을 내밀며

작가에게는 두 가지 이야기가 있습니다. 지금 쓰는 이야기와 언젠가 쓸 이야기. 후자의 이야기는 그 언젠가가 언제가 될지 모른다는 아주 커다란 맹점을 지니고 있지요. 저에게도 후자의 이야기가 여럿 있습니다.

저는 아주 오래 이 이야기를 마음에 품고 지냈습니다.

"열두 살 고모가 돌아왔다"라고 적힌 휴대폰 메모장의 날짜를 확인하니 무려 2011년 5월 22일이더라고요.

이 이야기를 하지 못했기에 그동안 근처를 맴

돌며 시간에 관한 이야기를 참 많이도 했습니다. 시간 유전자를 사고파는 미래 배경 이야기, 오백 년간 열다섯으로 사는 소녀 이야기, 분실물을 찾으러 다니는 타임슬립 이야기……. 한 지인은 제게 시간 이야기를 무척 좋아하는 것 같다고 말하더군요. 비로소 이 작품으로 시간에 관한 이야기가 완성되었기에 당분간 저는 시간에 관한 이야기를 하지 않을 생각입니다.

나이가 들수록 세상은 혼자 살 수 있지 않다는 걸 깨닫고 있습니다. 물론 긍정적인 의미만 가지고 있지는 않습니다. 가만히 있는 나를 벼랑으로 미는 사람을 만날 때도 있으니까요. 그래도 결국 사람을 구원하는 건 다른 사람이더라고요. 내 손을 잡아주는 이들이 있기에 끝까지 밀리지 않고 살아가고 있습니다.

말에 갇힌 담희를 꺼내준 건 민진이었고, 시간에 갇힌 민진을 구한 건 담희였습니다. 마찬가지로 이 소설을 세상 밖으로 꺼내준 건 『현대문학』의 청탁이었습니다. 원고를 다정하게 대해주신

**김혜정** • 작가의 말

고명수 편집자님과 흔쾌히 발문을 써주신 이희영 작가님께 고마움을 전하고 싶습니다.

작가를 작가로 살아갈 수 있도록 만들어주는 건 독자님들이에요. 제 손을 잡아주셔서 감사드려요. 언젠가 쓸 이야기로 앞으로도 계속 뵙고 싶습니다.

이 책을 읽고 계신 당신에게 손을 내밀며,
2025년 6월 김혜정

# 돌아온 아이들

지은이 김혜정
펴낸이 김영정

초판 1쇄 펴낸날 2025년 6월 25일

펴낸곳 (주) 현대문학
등록번호 제1-452호
주소 06532 서울시 서초구 신반포로 321(잠원동, 미래엔)
전화 02-2017-0280
팩스 02-516-5433
홈페이지 www.hdmh.co.kr

ⓒ 2025, 김혜정

ISBN 979-11-6790-301-5 04810
      979-11-6790-220-7 (세트)

* 책값은 뒤표지에 있습니다.